뚜벅 뚜벅 지구별 여행기

월급쟁이 여행자, 드림 플레이스를 찾아 지구 한 바퀴

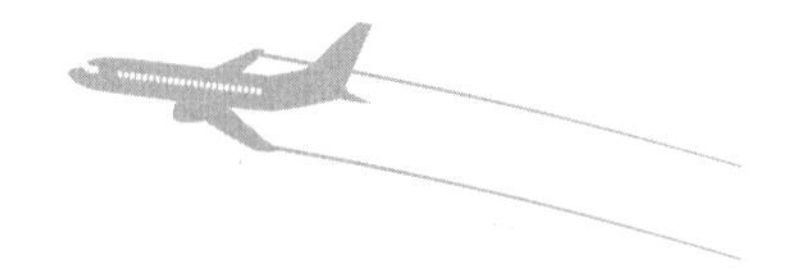

뚜벅 뚜벅 지구별 여행기

한용성 지음

메디치

한용성 작가를 처음 만난 것은 2004년 베트남 호치민이다. 은행 지점장과 사업 관계로 만나 오랫동안 개인적인 친분을 쌓게 되었다. 은행 퇴직 후 생소한 제조업과 증권업계에서 임원으로 활동하는 그의 능력보다 더 놀라웠던 것은 엄청난 여행 이력이었다. 은행원 시절부터 틈만 나면 여행을 떠나 무려 90개국을 돌아다녔단다. 그것도 대단한데 여행기를 출간한다며 추천사를 부탁해왔다. 원고와 사진을 보다가 여행에 가장 필요한 것이 '용기'임을 깨달았다. 나도 용기를 내어 한용성 작가가 탐험한 지구별 여행을 하고 싶다. 여행을 떠나고 싶은 독자들에게 추천한다.

_정몽원(한라그룹 회장)

우리은행에 근무하던 시절 한용성 작가는 성실하고 능력 있는 후배이자 부하 직원이었고 나는 그를 무척 아꼈다. 자유분방한 기질을 지닌 사람이 은행원이라는 역할에 참 충실하다 했더니 그 기질을 여행으로 다스리고 있었나 보다. 여행 칼럼을 기고했다며 링크를 보내주더니 이번에는 여행기를 출간한다고 원고를 보내왔다. 그의 여행기는 함께 여행하는 듯한 생동감이 넘친다. 세밀한 여정 묘사와 감상의 기록, 풍성한 사진이 여행 속 시공간으로 나를 이끌었다. 프롤로그에 쓴 저자의 말처럼 많은 직장인들이 이 책을 읽고 여행을 떠나기를 바란다.

_이순우(전 우리금융지주 회장)

나와 한용성 작가는 보성고 선후배 사이로 동문회 활동을 하며 오랜 기간 친분을 쌓아왔다. 그는 부족한 나를 선배로 존경해 왔고, 나도 그를 능력과 품성이 뛰어난 후배로 아꼈다. 27년간 성실하게 은행원 생활을 마친 뒤에도 생소한 제조업, 증권업 분야에서 13년이나 활약하는 그의 모습은 은퇴를 고민하는 여러 선후배들에게 좋은 선례가 될 것 같아 흐뭇하다. 평소 여행을 좋아하고 자주 다니는 줄은 알고 있었으나 여행기 출간 소식을 듣고 놀랐다. 여행기를 읽으며 세밀한 묘사에 웃음이 나왔고 근사한 사진을 보며 설렜다. 언젠가는 떠나야 하지 않을까 생각만 하던 여행 계획을 올해는 반드시 실행하겠노라 다짐한다.

_곽수근(서울대학교 명예교수)

뒤돌아보지 말고 지금 떠나라

《연금술사》라는 소설로 우리에게 널리 알려진 브라질 작가 파울로 코엘료는 "여행은 돈의 문제가 아니라 용기의 문제"라고 했다. 대학생 때부터 시작된 방랑벽은 철이 들어도 한참이 지났어야 할 지금까지 이어지는 걸 보니 내가 무모한 용기가 있는 사람임이 틀림없다. 자화자찬이 아니라 아직 덜 여문 철없는 중노인임을 자백하는 거다.

'69', 내가 우주를 떠돌다 좋은 부모님을 만나 '한씨(韓氏)'란 간판을 달고 지구라는 행성에서 지낸 짧은 시간이다. 짧기에 아직 무르익지 않았나 보다. 아니 철이 들지 않았다는 말이다. 왜? 전과 달리 자기 몸뚱어리도 제대로 건사하지 못하면서 여행 인프라가 낙후된 지역으로 홀로 배낭여행 같은 나이에 맞지 않는 뚱딴지같은 시도를 아직도 하고 있으니까.

은행이란 조직을 떠나 무려 13년을 대한전선과 금호타이어 같은 제조업체 최고 경영진으로, 은행과는 결이 다른 코리아에셋투자

증권, 케이프투자증권에서 IB 업무에 종사하고 2023년 인생 2막의 원년을 맞았다. 퇴직한 후 허한 마음을 다스리기 위해 떠났던 두 달간 중남미 7개국, 여행자들의 마지막 코스라는 아프리카를 두 번이나 다녀왔다.

은행원이 됐을 때 날 잘 아는 선후배들이 은행을 때려치우고 나오는 기간을 놓고 내기를 했단다. 방랑벽에, 자유분방한 녀석이 보수적인 은행 문화를 적응 못 할 거라면서…. 그러나 모두 틀렸다. 은행 마루가 닳도록 다니고 명예롭게 퇴직했으니 말이다. 이 자리를 빌려 설익어 헛된 짓을 할 때마다 인내하며 좋은 길로 이끌어 모난 돌을 둥글둥글한 자갈돌로 만들어준 은행 선배님들에게 그리고 은행을 떠난 후 제조회사와 증권회사에서 경험의 장을 열어준 분들에게 심심한 감사 인사를 하고 싶다.

방랑벽을 누르고 답답한 직장 생활을 견디게 한 건 10년간 우리은행 베트남 주재원 생활과 시간 날 때마다 발이 부르틀 정도로 다닌 해외여행 덕이다. 집사람이 교직에 있어 어느 나라든 비싸고 푸대접받는 가성비 낮은 방학을 이용해 선진국으로 불리는 유럽으로, 호주와 뉴질랜드는 패키지 여행으로, 처가가 있는 미국은 가족여행으로, 절친 부부들과는 자유여행으로, 그리고 직장 옮길 때마다 짬을 내 남들이 쉽게 가지 못할 해외 오지를 나홀로 배낭 메고 돌아다녔다.

여행한 나라의 수가 중요한 건 아니지만 월급쟁이로 순수하게 놀러 다닌 나라가 90여 개국이니 적은 숫자는 아닌 것 같다. 역설적으로 얘기하면 일하면서도 재주껏 땡땡이를 많이 쳤다는 말이 된다. 물론 월급쟁이의 꽉 짜인 시간과 빡빡한 급여라는 한계가 있기에 해외여행에 대한 기대가 있어도, 실행에 옮기기는 현실적으로 만만치 않다. 그러나 찾아보면 방법이 전혀 없는 건 아니다. 내 지난 삶이 그걸 증명한다.

언제까지 비용과 시간을 걱정하며 언젠가는 떠나야지 하는 생각만 하고 있을 건가. 다람쥐 쳇바퀴 같은 지루한 일상에서 틈날 때마다 관련 서적과 유튜브를 통해 구체적인 여행 계획을 짤 때의 쾌감은 그 무엇과도 비교할 수 없다. 그곳에 가서 직접 눈으로 보고 손과 발로 느꼈을 때의 짜릿함을 상상해보라.

이 책은 여행 안내서가 아니라 여러분을 여행의 매력에 밀어넣어 이번 휴가부터 뒤돌아보지 말고 즉시 떠나라고 꼬시는 책이다. 직장을 그만두거나 은퇴 후 지나온 직장생활을 돌이켜볼 때 후회 없는 삶을 만들기 위해서…. 워낙 글솜씨가 부족해 여러분이 나의 얕은 꾐에 넘어올지는 모르겠지만 부족함을 알면서도 모른 척 넘어오는 것도 더불어 살아가는 도리요 미덕이 아닐까 싶다. 이제 뒤돌아보지 말고 떠나는 거다, 출발!

하쿠나 마타타(Hakuna matata, 모든 게 잘될 거야)!

2024년 4월 한용성

차 례

역사 속으로 사라진 고대 도시를 찾아서

3장 종교와 신성의 풍경 속으로

러시아
레바논 베이루트
그리스
메테오라
조지아 케르게티 트리니티 교회
카자흐스탄
몽골
스페인
이스라엘
마사다 요새 국립공원
중국
요르단
페트라
라오스
루앙프라방
인도
캄보디아
앙코르와트
스리랑카
시기리아
성채
케냐
마사이마라 국립보호구역
오스트레일리아
마다가스카르
바오바브나무
잠비아·짐바브웨
빅토리아 폭포

미국
캐나다
미국
멕시코
테오티우아칸
브라질
페루
마추픽추
볼리비아
우유니 소금 사막
아르헨티나
브라질-아르헨티나
이구아수 폭포

1장

지구의 눈부신 자연 풍광을 찾아서

- 세계 유일종 바오바브나무를 품고 있는 마다가스카르
- 신비한 동물의 세계, 케냐 마사이마라 국립보호구역 사파리
- 천둥소리가 나는 연기, 빅토리아 폭포
- 여행가들의 버킷리스트 1위, 볼리비아 우유니 소금 사막
- 남아메리카 대륙의 심장 이구아수 폭포

세계 유일종 바오바브나무를 품고 있는 마다가스카르

고생길 가득했던 바오바브 투어

마다가스카르, 거기가 어디인지는 몰라도 바오바브나무가 있는 곳이라고 하면 누구나 '아, 그 아프리카 섬나라' 하고 고개를 끄덕인다.

생텍쥐페리가 《어린 왕자》에서 소개해 유명해진 바오바브나무는 나무 윗부분의 줄기가 마치 뿌리 모양을 하고 있어 신이 실수로 나무를 거꾸로 심었다고 전해지고 있다.

열매가 달린 모양이 쥐가 매달려 있는 것 같다고 해서 '죽은 쥐 나무'라고도 불린다. 바오바브는 자기 몸의 4배나 되는 뿌리 덕분에 비가 내리지 않아도 9개월을 버틸 수 있다. 수명도 길어 3,000년

이상을 살 수 있다는 바오바브는 아프리카인들이 '생명의 나무'로 신성시한다.

지구상에는 바오바브나무가 9종 정도 알려져 있다. 6종은 마다가스카르섬에, 2종은 아프리카 대륙에, 1종은 오스트레일리아에 서식하고 있다. 마다가스카르섬의 바오바브나무만이 다른 대륙의 종과는 외견이 다르다.

바오바브나무를 사진에 담으려고 수도인 안타나나리보에서 서쪽으로 700km 정도 떨어진 모론다바 해안마을로 비포장도로보다 더 거친 포장도로를 달려 1박 2일 만에 도착했다. 가는 길에 길가에 멈춰선 차량을 보며 '우리는 저런 일이 없어야 하는데'라는 바람은 깨졌다. 첫날은 4차례 시동이 꺼졌는데 다음 날은 차가 퍼져 도로에서 2시간을 기다린 뒤에야 이동할 수 있었다.

좋은 자동차와 쾌적한 잠자리를 여러 번 다짐받으며 부탁했던 안타나나리보의 ○○호텔 사장이 원망스러웠다. 평소 여행 스타일답지 않게 직접 발로 뛰지 않은 게으름에 내 머리를 쥐어박고 싶었다. 비싼 비용보다 믿음에 대한 배신감에 우울한 마음으로 여행을 시작했다.

모론다바에서 바오바브나무 거리까지는 15km 정도 떨어져 있지만, 이 짧은 거리를 30여 분 넘게 달려야 한다. 비포장도로의 매캐한 먼지를 마시며 도착한 거리에는 평일인데도 일몰을 보려는 인파가 몰려 있었다.

바오바브나무 거리

한 여인이 맨발로 당당하게 걷고 있다.
나도 걸어봤는데 맨발에 느껴지는
감촉이 부드러웠다.

온갖 이니셜이 새겨진
바오바브나무의 몸통

바오바브나무 거리라는 이름에 걸맞게 사진으로만 보았던 나무들이 거인들의 집성촌처럼 도로를 따라 늘어서 있었다. 일몰까지는 여유가 있어 같은 듯 다른 거인들의 사진을 찍다 보니 해가 뉘엿뉘엿했다.

해를 마주한 역광 촬영으로 거인들의 색다른 모습을 담아내고 싶었다. 일몰의 대미는 해가 완전히 떨어진 뒤 비치는 붉은 노을인데 구름이 잔뜩 드리워 멋진 광경을 만드는 데 도움을 주지 않는다. 우울함으로 시작한 투어는 마지막에도 마음에 응어리를 남겼다. 꽁한 마음으로 숙소로 발길을 돌렸다.

"내일도 갈 거고 칭기 국립공원에 다녀오면서도 볼 기회가 두 번이나 남았어요. 그때는 당신이 원하는 멋진 일몰을 볼 수 있을 거예요."

아내의 위로에 마음을 진정하고 모론다바 특산품인 랍스터를 먹으며 힘들었던 하루를 접는다.

노을과 슈퍼 문 촬영으로 마음을 달래고

다음 날 아침, 오늘은 이곳에서 북쪽으로 150km 정도 떨어진 칭기 국립공원으로 떠나는 날이다. 차가 도착해서 짐을 챙겨 나가보니 에어컨은 말을 듣지 않고 뒷좌석에 목 받침이 없는 연식 불명의 도요타 지프가 떡하니 서 있다.

말문이 막혔다. 가이드에게 실었던 짐을 내리라고 했다. ○○호텔 사장에게 차량 사진을 전송하고 차를 바꾸지 않으면 모든 계약은 무효임을 알렸다.

내일 다른 차를 보내주겠다는 다짐을 받고 호텔로 돌아와 배앓이로 제대로 자지 못했던 잠을 청했다. 한껏 나아진 몸 상태로 근처 키린디미테아 국립공원을 갔으나 이 섬의 최상위 포식자인 포사와 시파카(여우원숭이) 몇 마리만 보고 돌아왔다.

바오바브나무는 생김새에 따라 쌍둥이 바오바브, 고독한 바오바

사랑의 바오바브나무

바오바브나무 거리의 일몰

보름달 같은 슈퍼 문

브, 사랑의 바오바브, 신성한 바오바브 등 여러 이름으로 불린다. 바오바브나무 거리와는 한참 떨어져 있는 신성한 바오바브와 사랑의 바오바브를 보고, 바오바브나무 거리로 돌아가는 길에 일몰을 맞추려 비포장도로에서 속도를 냈다.

오늘도 왠지 최악의 하루가 될 것 같은 불안감으로 도착한 바오바브나무 거리에는 어느덧 해가 지기 시작했다. 사진 대상은 제자리에 서 있는 거인들로 어제와 다를 것이 없지만 비춰주는 빛이 다르니 연신 셔터를 눌러 댈 수밖에 없었다. 구름이 없어 제대로 된 노을이 배경까지 받쳐주니 말 그대로 황홀했다.

애들처럼 들떠 신나게 찍는 내 모습을 보며 아내도 흐뭇해서 한마디 한다.

"이래서 당신이 나보고 여기를 꼭 같이 가자고 했군요."

어느새 반대편 바오바브나무 뒤로 둥근 보름달이 떠올랐다. 이런 광경은 기대하지도 않았다. 아내에게도 보름달을 찍으라 일러두고 주위가 깜깜해져서 사람들이 없어질 때까지 내 손은 셔터를 누르느라 분주했다.

"완전히 어두워졌는데 더 찍을 거 없으면 돌아갈까요?"

급히 차를 불러 타고 숙소로 돌아오는 길에 마다카스카르에 도착해서 지금까지 내게 닥쳤던 좋지 않은 일들을 되새겨봤다. 지금까지 불만족스러웠던 것들은 잊고 여유로운 마음으로 잊지 못할 추억을 사진에 담아가자고 마음을 다스려본다.

신비한 동물의 세계,
케냐 마사이마라 국립보호구역 사파리

사파리,
게임드라이브의 시작

아프리카의 지붕인 에티오피아에서의 고된 일정을 마치고, 케냐 나이로비에 도착하자마자 2박 3일 일정으로 마사이마라 국립보호구역(MMNR) 사파리 투어를 떠났다. 케냐 남서부의 드넓은 이 보호구역은 다양한 야생동물을 볼 수 있다. 마사이족 언어로 '마라'는 '풀이 우거진 평원'을 뜻한다.

에티오피아 다나킬 화산 투어에서의 고생스러웠던 기억이 생각났지만, 사파리 안내 책자를 보니 시설 걱정은 하지 않아도 될 것 같았다. 사파리 투어에 필요한 옷가지만 챙기고 나머지 짐은 숙소에 두기로 했다.

사파리 차량은 평소에 천장을 닫고 일반 차량처럼 운행하고, 사파리 투어를 할 때는 천장을 밀어 올리고 상체를 내밀어 이동하면서도 동물을 보고 사진 촬영도 가능하도록 봉고차를 개조한 것이다.

매캐한 매연으로 고통스러웠던 나이로비를 빠져나오니 울퉁불퉁하게 파인 비포장도로에서 먼지가 피어올랐지만 그래도 시내의 매연보다는 숨쉬기가 훨씬 나았다. 나이로비에서 224km 떨어진 마사이마라 국립보호구역은 약 7시간을 달려야 다다를 수 있는데 차체의 흔들림이 아주 심했다.

차 안이 답답해질 즈음에 마침 그레이트 리프트 밸리(대지구대) 전망대에 다다랐다. 많은 차량과 차에서 내린 더 많은 관광객으로 좁은 전망대가 북새통이다.

눈 아래로 계곡 사이의 너른 평원이 끝없이 길게 펼쳐지는데, 멀리 중동의 시리아에서 시작해 아프리카 남부 짐바브웨까지 7,700km에 달하는 엄청난 길이의 지구대다.

차량의 과한 흔들림이 공짜 '아프리카식 마사지'라며 즐기라는 기사의 설명이 그럴듯하다. 한참동안 공짜 맛사지를 즐긴 후 점심을 먹기 위해 나록의 한 식당에 하차했다. 이 도로를 이용하는 많은 관광객이 이곳에서 식사를 해결한다. 아프리카식 뷔페지만 팀별로 차례를 기다렸다가 정해진 시간 내에 식사를 마쳐야 한다. 아프리카인이 사랑하는 단어 뽈레뽈레(스와힐리어로 '천천히'라는 뜻)를 마음속으로 외친다.

그레이트 리프트 밸리 전망대 표지판

아프리카 대륙을 종단하는 '거대 균열'인 그레이트 리프트 밸리

초원에서 만난 얼룩말 무리

마침내 도착한 국립자연보호구역. 초입에서 만난 마사이마라 학생들의 사진을 찍으려고 하니 사탕이나 볼펜, 돈을 달라며 떼를 썼다. 심지어 동네 청년들은 곳곳에 바리케이드를 치고 통행료를 내야 한다며 어깃장을 놓았다. 마사이족 아이들이 사탕을 좋아한대서 나이로비에서 떠나기 전 슈퍼마켓에 들러 미리 준비했는데 주고 싶은 생각이 사라져버렸다.

통행료를 낸 마사이마라 마을 몇 곳을 지나니 너른 평원이 끝없이 펼쳐진다. 멀리 보이는 파란 하늘과 뭉게구름으로 그려진 파스텔톤의 수채화 덕분에 짜증 났던 마음이 순식간에 녹아버렸다. 차가 가까이 다가가도 누, 얼룩말, 가젤 무리는 풀을 뜯고 있었다. 이

초원을 거닐고 있는 누

곳이 자기들을 보호하는 지역이라는 것을 아는 것처럼.

TV 프로그램 〈동물의 왕국〉에서나 보던 동물을 가까운 거리에서 눈에 담고 사진도 찍을 수 있다니! 동물원에 처음 간 아이처럼 설레고 흥분됐다.

사파리를 '게임드라이브'라고도 하는데 차로 동물들을 찾아다니는 게임을 하는 것 같다고 해서 붙여진 이름이다. 많은 동물 가운데 보기가 힘든 사자, 표범, 코끼리, 코뿔소, 물소는 '빅 파이브'라고 한다. 이 동물들을 발견하면 운전기사끼리 무전기로 위치를 공유해 투어 손님들이 볼 수 있도록 서로 긴밀하게 협조한다.

해가 지면 위험하고, 동물들이 밝은 빛으로 인해 수면과 야간 활동에 지장을 받지 않도록 배려한다기에 서둘러 숙소로 갔다. 호텔 입구에 직원들이 죽 늘어서 〈점보 송(Jumbo song)〉을 부르며 환영해주는 것에 놀랐고, 좋은 시설에 또 한 번 놀랐다. 더운물이 나오지 않아 찬물 샤워를 하니 추워서 몸은 떨리지만 개운함에 피곤이 사라졌다. 식사 후 맥주를 마시면서 와이파이가 되는 로비에서 지인들에게 안부를 전하며 하루를 마무리했다.

롯지로 돌아오는 길에 누군가가 어둠 속에서 나타나 인사를 하는 바람에 기절할 뻔했다. 동물이나 밤손님의 침입을 막으려 롯지 곳곳에 총을 든 지킴이가 초병을 서는데, 어둠 속에서 총을 든 검은 피부의 지킴이가 갑작스레 나타나니 놀라지 않을 수가 있나.

계획대로 되지 않는 초원의 사파리

초원에서 일출을 보고 마사이마라와 이웃한 탄자니아 세렝게티 국립공원에서 마라강을 건너는 누 떼의 모습을 보기 위해 아침 6시에 눈을 떴다. 그러나 일행 중 한 분이 늦어 결국 일출은 보지 못한 채 차는 너른 초원으로 내달렸다. 이른 아침에도 얼룩말, 누, 가젤 등 초식동물들이 풀을 뜯고 있었다.

갑자기 차가 속도를 내어 어딘가로 가는가 싶더니 야행성이라 보기 힘든 표범과 여우가 멀리 보인다. 제법 거리가 있어 망원렌즈로 당겨도 사진으로는 잡히지 않아 아쉬웠지만, 눈에는 담을 수 있었다. 쉬고 있는 표범의 가까운 거리에 여우 두 마리가 겁도 없이 사이좋게 쉬고 있다니!

갑자기 표범이 누를 사냥하러 일어나 달리면 누는 벌써 멀찌감치 도망을 간다. 표범이 쫓는 것을 잠시 쉬면 일정 거리 밖에서 누 떼도 눈치를 보며 풀을 뜯는다. 쫓다 지친 표범이 숨을 고르려 뒤로 물러서면 누가 떼를 지어 서서히 표범 뒤를 쫓고, 표범이 휙 돌아서면 누 떼가 물러나는 상황이 여러 번 반복됐다.

여우 두 마리가 누 떼를 공격해 표범이 편히 쉬게끔 보호하며 표범의 누 사냥에 공조하고 있었다. 이런 장면을 본 것만으로도 사파리 여행의 본전은 뽑은 것이 아닌가 싶다.

이제 케냐 국경을 넘어 탄자니아 세렝게티 국립공원으로 가려면 국경 경비대에 출입국 신고를 해야 한다. 국경 초소라고 해봐야 허접스러운 차단기만 설치돼 있다. 탄자니아 출국과 케냐 입국 심사를 한 건물에서 동시에 처리하는데 뽈레뽈레의 전형을 보여주고 있었다.

기다리는 동안 근처 관광을 할 수 있도록 배려해줘 마라강 가에 있는 하마 사진을 가까이서 찍을 겸 다리 옆길로 내려갔다. 케냐 초병이 위험해서 더는 안 된다고 경고했다. 초병과 잡담을 나누면서 하마 사진을 몇 장 찍고, 하회탈 열쇠고리를 총에 달아주었더니 고맙다고 흰 이를 드러내며 엄지를 들어 보인다.

케냐와 탄자니아 국경에 자리한 출입국 사무소

마라강 가에 대기 중인 사파리 차량과 하마 떼

다리 근처에서 노는 원숭이들에게 점심에 남긴 도시락 부스러기를 던져주니 어디서 나타났는지 여러 마리가 금세 몰려들었다. 카메라는 목에 걸고 핸드폰은 주머니에 넣은 다음 원숭이들과 잠시 놀았는데 더는 나올 것이 없어 보이니 순식간에 자진해서 해산해 버린다.

운전기사가 출입국 사무소에서 나오며 차에 오르라는 소리에 서둘러 사파리 차량에 탑승했다. 어찌 된 일인지 한참을 경비병들과 가이드, 기사가 실랑이하는 모습이다. 조금 더 시간이 지체된 이후에야 일행 중 한 분이 타자마자 차가 곧 출발했다.

자초지종을 들어보니 얼마 전 이곳에서 강가로 내려간 중국인 관광객이 하마에 물려 사망한 사건이 있어 군인들이 특별 경계를 서고 있단다. 강 입구에 강변으로 내려가면 벌금과 구금까지 될 수 있다는 경고판이 있는데, 이분이 몰래 내려갔다가 군인한테 연행돼 벌금보다는 작지만, 뒷돈을 내고 풀려난 모양이다.

스물세 살 청년에게 배운다

세렝게티로 넘어가 마라강을 건너는 누 떼를 찾아 헤매는 동안 기린, 얼룩말, 임팔라, 코끼리, 가젤 등을 때로는 근거리에서 때로는 원거리에서 보며 사진도 찍고 강변을 따라

이리저리 돌아다녔다.

건기인 7월에서 10월에는 세렝게티에서 살던 누 떼가 먹이를 찾아 두 나라 국경을 가르는 마라강을 건너 마사이마라로 넘어오는 장관을 볼 수 있다는데 오늘은 보이지 않았다.

우리 차를 포함해 많은 사파리 차가 강변에서 누 떼의 이동 소식을 기다리는 수밖에 없었다. 우리는 막간을 이용해 에어컨 없는 좁은 차 안에서 쪼그려 앉아 퍽퍽한 샌드위치에 바나나와 주스뿐인 점심 도시락으로 배를 채웠다.

가이드는 위험하다고 나가지도, 심지어 문도 열지 못하게 했다. 이 더위에 대체 이게 무슨 일인가. 강가에서 뒹굴다가 눈이 마주친 하마들에게 구경을 당하고 있는 것만 같았다. 이 더위에 굳이 이걸 눈으로 확인하겠다고 왜 이러고 있는지 아무리 생각해봐도 좀 어이가 없는 상황이기는 하다.

차는 다시 국경을 넘어 숙소를 향해 달린다. 누 떼 이동을 제대로 보여주지 못해 미안했는지 운전기사와 가이드는 최대한 동물 근처로 차를 가까이 붙여서 사진을 찍을 수 있도록 해주었지만, 이제는 웬만한 초식동물에게는 눈길조차 가지 않았다.

갑자기 무전을 받고 운전기사가 빠르게 이동하는데 멀리서 봐도 꽤 많은 사파리 차량이 몰려 있다. 우리도 기다리는 대열에 있다가 순서가 돼 가까이 가보았다. 나무 그늘 밑에 사자 가족이 낮잠을 자고 있고 거기서 머지않은 초원에 사자가 먹다 남은 고기를 먹기

나무 그늘 밑에서 낮잠을 자는 사자 가족

위해 독수리 몇 마리가 내려와 앉아 있었다. 초원의 먹이사슬 그 자체였다.

오늘은 사파리 투어 마지막 날이다. 일행은 마사이족 마을 투어 후 박물관 탐방, 〈아웃 오브 아프리카〉의 작가 카렌 블릭센의 집 탐방으로 팀을 짰다. 묵었던 숙소에서 30분 정도 거리의 마사이족 마을에 도착하니 촌장과 남자 주민들이 우리 일행을 반갑게 맞이해 주었다.

이 투어는 1인당 20달러를 마을 발전기금으로 기부한다. 이 기금으로 학교를 운영하고 의료비를 지원하는 등 마을 주민 복지를 위해 쓴다는 촌장의 설명과 동시에 주민들이 환영 댄스를 선보였다.

마사이족 환영 댄스

흙을 만지며 놀고 있는 마사이족 아이들

피리(?) 소리에 맞춰 허밍을 하며 폴짝폴짝 뛰는 단순한 춤인데 막상 따라 해보니 쉽지 않았다. 사진을 편히 찍을 수 있다는 가이드의 안내에 따라 인물 사진용 렌즈로 바꿔서 어른과 아이들을 카메라에 열심히 담았다.

마을 입구에서 환영식을 마치면 삼삼오오 짝을 지어서 마사이족의 안내로 거주하는 집을 구경하고, 집 앞뜰에 전시하고 있는 수공예품을 살 수 있다. 그러나 안내를 받은 움막집에 들어서는 순간 창문도 없는 칠흑 같은 어둠과 퀴퀴한 냄새에 정신이 어질해 일찌

촌장의 아들이자
영국 유학파인 청년 잭슨

감치 집 구경은 포기하고 말았다.

돌아 나와서 마을을 거닐며 사진을 찍는데 한 청년이 유창한 영어로 말을 걸어왔다. 자기를 잭슨이라 소개한 스물세 살의 마사이 청년은 촌장의 아들로 영국 유학파라고 한다.

“영국에서 직업을 갖고 살 수 있었을 텐데 이곳의 생활이 답답하지 않나요, 잭슨?”

“전혀요. 영국은 인종 차별도 심하고 직업 구하기도 만만치 않아요. 영국에서 돌아와 잠시 불편했지만, 무엇보다 여기에는 사랑하는 가족과 친구들이 있잖아요.”

물질적인 풍요로움이 행복의 척도라는 나의 속 좁은 생각에 경종을 울리는 답변이었다. 내 나이 절반도 안 되는 스물세 살 청년에게 큰 교훈을 얻는다.

속이 꽉 찬 잭슨을 앞장세워 준비해간 사탕을 아이들에게 나눠주니 엄청 좋아했다. 순식간에 늘어난 아이들로 어쩔 줄 모르는 잭슨을 위해 줄을 세우고 차례로 나눠주도록 해줬다.

맛있게 먹는 아이들을 보며 다른 과자도 조금 더 사 올 걸 하는 때늦은 후회가 밀려왔다. 사탕 한 알에 행복해하는 아이들을 보며 우리 가족이 좋은 나라에 태어나 많은 것을 누리고 있다는 생각이 들었다.

천둥소리가 나는 연기, 빅토리아 폭포

세계 3대 폭포 중 하나

케냐 나이로비에서 빅토리아 폭포가 있는 짐바브웨 빅토리아 폴스 시티로 가는 오전 7시 30분 비행기를 타기 위해 이른 새벽에 공항으로 향했다.

까다로운 짐 검사를 거쳐서 이륙한 지 3시간 만에 폴스 시티에 도착했다. 2018년에는 착륙 후 걸어서 공항 청사로 갔었는데 지금은 브리지를 통해 입장했다. 대대적인 확장 공사 덕분에 대형 비행기도 이착륙할 수 있는 공항이 된 것이다.

폴스 시티는 유럽의 작은 마을처럼 깨끗하고 한적하다. 아침저녁으로 선선하고 한낮에는 쨍하는 우리나라의 초가을 날씨처럼 쾌적하다. 탄자니아와 케냐에서는 이상저온으로 아프리카 대륙의 입도 신고를 감기로 했지만, 이곳은 고향 날씨 같아 감기가 저절로 떨어질 것 같았다.

롯지에 체크인하고 마을 구경을 나왔다. 중국집이 있어 볶음밥과 돼지고기채소볶음으로 느끼함을 덜기는 했지만 매콤한 마파두부가 없어 아쉬웠다.

저녁에는 클래식한 기차에 탑승해 빅토리아 폭포 브리지 중간에서 일몰을 보며 다섯 가지 코스요리를 먹기로 했다. 일주일에 2회만 운행한다는데 운 좋게 예약할 수 있었다. 나 혼자였으면 하지 않을 행사이지만 아내를 위해 망설임 없이 선택했다.

그러나 모처럼 좋은 남편 역할을 하려던 이벤트는 실패로 돌아갔다. 드레스코드까지 갖춰 입은 분위기와 음식의 조화로 우아한 기차식당의 분위기도 잠시, 시간이 지날수록 무한대로 제공되는 술에 취한 몇몇 젊은이들로 인해 기차 안은 점점 시끄러워졌다. 드레스코드를 강조할 것이 아니라 예절을 지키도록 유도했으면 하는 아쉬움을 남긴 채 숙소로 발길을 돌렸다.

다음 날 빅토리아 폭포를 구경하려고 잠비아를 통해 국경을 넘었다. 짐바브웨에서 잠비아로 출입국 수속을 마치고 도착한 입구 주차장에서 나를 처음 맞이한 것은 큼지막한 개코원숭이들이다.

그런데 개코원숭이들 앞에서 음식을 먹어도 안 되고 먹을거리를 주는 것도 금지되었다. 특히 슈퍼마켓 봉지를 보이면 안 된다는 주

빅토리아 폭포 다리 중간에 기차를 세우고
짐바브웨와 잠비아 국경을 자유롭게 오가며
일몰을 볼 수 있다.

홀로 배낭여행을 했으면
생각지도 못할 코스 요리

영화의 한 장면 같은 커플

의를 들었다. 먹을거리만 보이면 음식을 뺏으려고 개코원숭이들이 집단 공격을 한다고 한다. 먹을거리 앞에서는 사람이든 동족이든 덤벼드는 사나운 놈들이니 조심해야 한다.

원주민인 콜로로족이 '모시 오아 툰야'('천둥소리가 나는 연기'라는 뜻)로 부르는 빅토리아 폭포는 잠비아와 짐바브웨에 걸쳐 6개가 있는데 짐바브웨에 5개가 있다. 잠비아에는 1개만 있지만, 짐바브웨 폭포를 반대편에서 가까이 볼 수 있는 뷰포인트가 있다.

빅토리아 폭포는 높이 80~108m, 너비 1,701m로 너른 잠베지강에서 현무암 계곡으로 물을 떨구며 폭포를 이룬다. 1855년 영국 탐험가 데이비드 리빙스턴이 발견해 여왕의 이름을 따서 '빅토리아'로 명명했다. 최근 짐바브웨와 잠비아 양국이 원래 이름인 '모시 오아 툰야'를 찾으려 노력 중이다.

북미의 나이아가라, 남미의 이구아수, 아프리카의 빅토리아 폭포를 세계 3대 폭포라고 한다. 빅토리아 폭포는 낙차가 108m로 높이가 최고다. 물 떨어지는 소리가 천둥 치는 것 같다. 물안개가 솟구쳐서 구름 기둥을 만든다는데, 어쩐지 물 떨어지는 소리부터 시원치 않고 입구부터 격하게 반긴다는 물보라도 내게는 눈길조차 주지 않는다.

수량이 대폭 줄어든 건기에 와서 성난 모습을 보여달라는 것은 억지일까? 10월부터 시작하는 우기처럼 엄청난 수량에서 뿜어져 나오는 물보라와 굉음은 없지만 6~7월부터 시작되는 건기에는 수량이 줄어 폭포 안쪽의 절벽을 볼 수 있고 '지옥의 수영장'이나 래프팅을 즐길 수 있다. 그러나 물 공포증이 있는 내게는 그림의 떡이다.

공원 정문을 통과해 숲속으로 난 산책로를 걸으니 물안개가 피어오르고 물소리도 커지면서 눈앞에 큰 폭포가 무지개와 함께 나타났다. 폭포에 흐르는 수량이 넉넉하지는 않지만 깊은 절벽으로 떨어지는 낙수가 제법 우아하다. 조금을 더 가서 '칼끝 다리'를 건너는데 갑작스레 물보라가 덮쳐 물에 빠진 생쥐 꼴이 됐다.

멀리 보이는 빅토리아 폭포 다리까지 걸어가려는데 조금 더 가면 철조망이 있어 못 간다고 한다. 실망해서 돌아오는 길에 만난 잠비아 여대생들이 내게 이것저것을 묻더니 이내 "안녕하세요."라며 사진을 같이 찍자고 했다. 한국 드라마를 보면서 한국말을 배운다는 젊은이들을 해외여행 중에 종종 만나는 데 한류의 힘을 느낄 수 있어서 뿌듯했다.

빅토리아 폭포를 볼 욕심에 무심코 지나쳤던 입구 근처에 자리한 데이비드 리빙스턴 동상을 뒤늦게 발견했다. 먼 산을 쳐다보고 있는 리빙스턴과 같은 포즈로 사진을 찍었다. 호시탐탐 내 카메라를 노리는 개코원숭이를 피해 입구 밖으로 잽싸게 나와 짐바브웨로 같이 갈 버스 동승자를 기다렸다.

다리 중앙에는 98m에 달하는 번지점프대가 있는데 잠베지강을 향해 오늘도 용감한 여성이 뛰어내리고 있다. 2018년에 왔을 때도

칼끝 다리를 건너면 빅토리아 폭포 다리를 볼 수 있다.

건기지만 물보라가 강한 빅토리아 폭포

여성만 뛰어내리더니 이번에도 마찬가지였다. 다리를 가로질러 올라오는 여성을 기다리다가 인사를 나누고 몇 번째냐고 물으니 이번이 처음인데 다시는 뛰지 않겠다고 한다.

잠비아와 짐바브웨의 천연 국경선 빅토리아 폭포

카자 비자(일회성 복수 비자)가 있어야 짐바브웨와 잠비아, 보츠와나 등 인근 국가를 자유롭게 드나들 수 있다. 이 비자로 잠비아 이민국에 출국 신고를 하고 빅토리아 폭포 양쪽을 가로지르는 다리를 도보로 건너 짐바브웨 이민국에서 간단히 입국 신고를 했다. 이게 정말 국경이 맞나 싶다.

짐바브웨 빅토리아 폭포는 입구부터 잠비아보다 크고 세련됐고 관광객도 많았다. 6개 폭포 중 5개가 짐바브웨 폭포이니 당연히 볼 게 많으리라. 안내 지도를 보니 여러 폭포의 뷰포인트에 번호와 특색 있는 별명을 붙여 관광객들이 보고 싶은 곳을 쉽게 찾을 수 있도록 한 것이 잠비아와 다르다.

1번 리빙스턴 동상에서 시작해 15번 '위험한 포인트'까지 약 2km를 돌았는데 모자와 옷을 짜야 할 정도로 흠뻑 젖었다. 산책로를 걷다 보면 바람에 의해 물보라 방향이 수시로 바뀌어 카메라가 물에 젖지 않게 가슴속에 안고 다녔다. 사진을 찍을 때만 잠깐 내놓

짐바브웨에서 뷰포인트를 걸으며 바라본 빅토리아 폭포

짐바브웨 뷰포인트 1번인
리빙스턴 동상

는데 렌즈를 수시로 닦아야 해서 깨끗한 사진 찍기가 정말 힘들었다.

리빙스턴 동상을 뒤로하고 숲속 길을 걷다가 폭포 쪽으로 발길을 옮겼다. 물안개에 가려 희미하지만, 폭포가 떨어지는 끝자락에서 몇 명이 수영을 하고 있었다. 건기에만 할 수 있는 '지옥의 수영장 투어' 참가자들이다. 잠베지강에서 보트를 이용해 폭포 끝 낙하 지점 근처의 웅덩이까지 와서 설치된 줄을 잡고 폭포 끝으로 갈 수 있다. 매우 위험해 보이지만 보기와 달리 아직 이곳에서 사고로 죽은 사람은 없다고 한다.

9번과 10번 뷰포인트는 폭포 전체를 볼 수 있어 '메인 폭포'라고 한다. 건기라 수량은 적지만 제법 긴 구간에서 떨어지며 생기는 물보라로 눈을 뜰 수가 없을 정도다. 그곳에서 얼마 멀지 않은 '무지개 폭포'는 규모는 작으나 이름대로 무지개 여러 개를 동시에 만날 수 있다. 마지막 뷰포인트인 '위험한 포인트'는 바위 끝으로 조심스럽게 다가가 사진을 찍는 곳이다. 큰 폭포와 조금 전 잠비아에서 건넜던 칼끝 다리를 배경으로 좋은 사진을 찍으려는 인파로 늘 사람이 붐빈다.

2018년에는 난간이 없어 용기를 내 엉금엉금 기어가 바위 끝을 겨우 잡고 사진을 몇 장 찍었는데, 지금은 난간을 설치해놓아 누구나 바위에 올라가 사진을 찍을 수 있다. 들어갈 때 찍지 못했던 입구 전경을 찍고 있는데 사진을 찍던 한 가족이 내게 같이 찍자고

하늘에서 바라본 빅토리아 폭포

한다. 함께 사진을 찍고 초등학생 정도 되는 두 소녀에게 6색 볼펜을 선물했더니 좋아서 어쩔 줄을 모른다. 참 순수한 사람들이다. 빅토리아 폭포도 충분히 봤고 좋은 사람들과 보낸 기분 좋은 하루였다.

잠베지강
선셋 디너 크루즈

아프리카에서 네 번째로 긴 잠베지강은 잠비아에서 발원해 나미비아, 보츠와나, 앙골라, 짐바브웨, 모잠비크를 통해 인도양으로 흘러간다. 무려 6개국의 동식물을 먹여 살리는 잠베지강은 '아프리카 중부의 젖줄'이라고 해도 과언이 아니다.

오늘은 오후 4시에 잠베지강 선셋 디너 크루즈만 있어 느지막이 일어나 아침을 간단히 먹었다. 식사 후 롯지에서 마을 중심가로 내려오다가 신나는 음악 소리를 좇아갔더니 어느 교회에 다다랐다. 양해를 구하고 잠시 교회로 들어섰는데 의자를 가져다주며 같이 춤을 추자고 해 사양했더니 더는 권하지 않는다. 그러고 보니 오늘이 일요일인데 깜빡 잊고 있었다. 한국에 계신 어머니의 건강과 일행의 안전한 여행을 위해 잠시 기도했다.

폴스 시티 기념품 상점에 들러 기웃거렸다. 이 마을에서 가장 오래됐다는 빅토리아 폴스 호텔에 가서 보니 멀리 보이는 빅토리아 폭포에서 물보라가 올라오고 우르릉 쾅쾅하는 소리가 모깃소리만 하게 들린다. 그 옆으로는 빅토리아 폭포 다리도 보인다.

우리는 커다란 나무 밑에 있는 벤치에 잠시 누워보았다. 망중한을 즐기다가 배꼽시계가 요동치는 바람에 걸어서 15분 거리에 있는 '룩 아웃 카페'로 향했다. 이름에 걸맞게 뷰는 멋진데 짚 라인의 선이 가로지르고 있어 경치를 사진으로 옮기는 데는 한계가 있었다.

차로 30분 정도 거리의 잠베지강 선착장에 도착하니 유람선 여러 대가 있었다. 우리 일행이 유람선에 오르자마자 곧 출발했다. 이 시간 잠베지강에는 선셋 투어를 겸해 코끼리, 하마, 악어 등을 보러 조금 이른 시간부터 배가 강 구석구석을 다니고 있다. 보트로 하는 게임드라이브라고나 할까.

일몰 전까지 악어, 하마, 코끼리 등을 찾아다니는 동안 무제한으로 제공하는 시원한 맥주, 위스키, 칵테일, 각종 과일주스를 저녁 식사와 함께하며 모처럼 한가한 시간을 보내기만 하면 된다.

선장이 모래색으로 변장한 악어 가까이 유람선을 접근시키며 숨은 위치를 알려줬다. 한쪽에는 물속에서 머리만 빼꼼히 내놓은 하마 몇 마리가 보였고 또 몇 마리는 일광욕하러 뭍에 나와 있다. 하마는 생김새만 보면 귀여운데 아프리카에서 조심해야 할 무서운 동물에 속한다.

2018년에는 아기 코끼리가 엄마 코끼리를 따라 잠베지강을 건너

'룩 아웃 카페'에서 본 잠베지강

는 모습도 보았는데 이번에는 만사가 귀찮은지 눈도 뜨지 않는 악어 한 마리만 본 채 싱겁게 어둠이 찾아오고 말았다.

잠비아 쪽으로 지는 일몰과 불이 났는지 피어오르는 연기가 조화롭게 연출돼 일몰이 보기 좋았다. 힘없이 떨어지는 해는 상기된 아이 볼처럼 밝은 연주홍빛이다.

아프리카 해는 우리와 다른가. 아니면 디너 크루즈에서 마신 술기운 탓일까? 빛깔이 참 곱다.

디너 크루즈에서 바라본 잠베지강의 일몰

여행가들의 버킷리스트 1위, 볼리비아 우유니 소금 사막

염호마을과 소금 호텔을 지나 소금 사막 한가운데로

우유니는 라파스로부터 약 500km 서남쪽에 있는 인구 1만 명 정도의 작은 마을이다. 소금 사막 투어를 하기 위해 전 세계의 관광객들이 모여들어 연중 북적거리는 곳이기도 하다.

우유니 소금 사막 투어는 당일부터 일주일까지 일정을 다양하게 짤 수 있다. 우리는 2박 3일 일정으로 사막에 있는 호텔에서 2박하고 산페드로 아타카마 사막의 국경을 통해 칠레로 갈 예정이다.

우리가 탑승할 차는 도요타 랜드크루저인데 어찌나 낡았는지 굴러갈까 하는 걱정이 앞섰다. 이번 사막 여행은 지프 3대에 운전기사 3명, 요리사(우리 차 운전기사 부인) 1명, 여행객 15명이다. 총 19명이 3일간 좋든 싫든 함께한다. 배낭들은 차 지붕 위로 싣는데 저녁쯤 숙소에 도착해서나 찾을 수 있으니 지갑, 카메라, 간식 등 몸에 지닐 것들은 따로 빼놓아야 한다.

우유니 당일 투어는 시간이 빠듯해 아침 일찍 출발하지만, 우리처럼 숙박하는 팀은 여유롭게 오전 10시에 출발한다. 짐도 실었고 아침도 먹었으니 남는 시간을 이용해 뒷골목을 구경했다. 사흘간 먹을 주전부리도 일행과 나눌 요량으로 넉넉히 샀다.

이제 우유니 사막의 속살을 보러 출발한다. 도로 좌우에 만년설로 뒤덮인 높은 산들과 군데군데 쌓인 소금 더미를 보며 지루해질 즈음에 염호마을 콜차니에 도착했다. 허름한 창고 옆으로는 정제하지 않은 소금이, 창고 안에는 정제한 소금이 수북이 쌓여 있다.

이 마을은 소금을 불로 가공해 식용으로, 소금 덩어리를 조각해 예쁜 기념품으로 팔기도 한다. 소형 창고 크기의 소금박물관 앞마

콜차니에서 파는
소금으로 만든 각종 공예품

당에는 낡아빠진 트럭과 소금을 채취할 때 쓰던 도구들이 놓여 있었다. 라마(야마)와 나귀, 비쿠냐 등 이 사막에서 만날 수 있는 동물을 소금으로 조각한 것도 볼 수 있었다. 이 조각품들은 실물 크기와 거의 비슷해 제법 그럴듯해 보였다.

이곳에서 멀지 않은 우유니 사막 여행의 전초기지인 플라야 블랑카 소금 호텔로 가는 길옆에도 소금 더미를 심심찮게 볼 수 있었다. 이곳저곳에서 낡은 트럭에 소금을 싣고 있는 사람들이 보인다. 호텔에 도착해 차에서 내리니 소금기를 머금은 짭짤한 바람이 소금 사막의 구역이라는 것을 알린다.

우유니 사막은 12월에서 다음 해 3월까지가 우기다. 소금 사막에 물이 잠겨 하늘과 땅의 경계가 사라지는 풍경이 장관이지만 지금은 이상기온으로 가뭄이 계속되고 있다. 그나마 며칠 전에 내린 비로 일부 지역에 물이 고여 있으니 그곳에서 사진을 찍을 수 있을 것이다.

멀리 보이는 만년설을 배경으로 한 컷, 하늘과 땅의 경계가 모호한 지평선을 배경으로도 한 컷, 처음 만나는 사람들이지만 눈만 마주치면 또 한 컷…. 신나게 사진을 찍다 보니 떠날 시간이 됐다.

소금 사막 초입에 있는 소금 벽돌과 소금으로 만든 자그마한 만국기 게양대에는 어느 나라 국기든 자유롭게 게양할 수 있다. 황량한 소금 사막에서 부는 강풍 때문인지 일부만 매달려 있는 태극기를 보니 마음이 좋지 않았다. 그렇다고 태극기만 그런 것이 아니라

우기임에도 이상기온으로 말랐던 소금 사막이 며칠 전에 내린 비로 제법 원래 모습을 찾았다.

소금 사막 초입의 만국기 게양대. 거센 바람에 온전한 국기가 없다.

다른 나라 국기도 대충 다 그 모양이었다.

소금 사막은 소금층이 두껍고 딱딱하다고 아무 곳이나 다니다가는 바닥 밑으로 흐르는 호수에 빠질 수 있다. 넓은 사막이라도 차가 다닐 수 있는 길이 엄연히 따로 있다. 이 길은 전문 운전기사만이 안다. 쉬워 보이는 운전이지만 곳곳에 위험이 도사리고 있어 개인에게 렌터카 사막 투어는 허용하지 않는 것이 국립공원의 방침이다.

사막 가운데 물고기 모양의 잉카와시섬에는 이미 많은 지프가 도착해 이곳저곳에서 연기를 피우며 점심 준비가 한창이다. 성인 남성의 키보다 큰 선인장들이 빽빽한 바위산으로 올라가는 길은 온통 자갈밭이다. 미끄러워 다리에 힘을 바짝 싣고 조심스럽게 한발 한발 내디뎌보았다.

입구에서 선인장을 배경으로 사진만 찍는 사람들을 뒤로한 채 배고픔을 참아가며 정상에 올랐다. 평평한 터에는 '8월 광장(Plaza 1 de AGOSTO)'이라는 팻말이 꽂혀 있다. 정확한 용도를 알 수 없는 곳이지만, 정령에게 제사를 지내던 곳이 아닌가 싶다.

사방으로 보이는 것은 눈이 수북이 쌓인 것같이 끝이 보이지 않는 하얀 소금 사막뿐이다. 거기서 반사되는 빛은 매우 강렬해 선글라스를 쓰지 않으면 눈을 뜨기가 쉽지 않다. 동서남북으로 보이는 지평선의 경치에 감탄사만 연발했다.

이 섬의 에키놉시스 선인장은 원주민인 치피아족이 자신들이 믿

바위 사이사이로 키 큰 선인장이 빼곡한 잉카와시섬

산 정상에서 바라본 우유니 소금 사막

는 정령을 위해 심었다. 지금 우리가 보고 만질 수 있는 선인장들은 척박한 환경에 적응해 살아남은 것들이다. 이 선인장은 매년 1cm만 자라는데 최고령 선인장의 키는 9m나 된다. 나보다 약간 큰 이 선인장은 최소 백팔십 살은 먹은 것이다.

바위산을 내려오니 숯불에 구운 라마 고기, 몇 가지 채소, 바람에 날리는 쌀밥 등이 차려진 식탁이 우리를 반긴다. 양껏 접시에 담아 먹으면 된다.

우유니 소금 사막을 달릴 사륜구동차들은 만약을 대비해 두세 대씩 같이 이동한다.

이제부터는 숙소까지 논스톱으로 달린다. 지프 몇 대씩 짝을 지어 이동하는데 어느 한 대에서 사고가 났을 경우 서로에게 도움을 주기 위해서다. 똑같은 풍경이 지루하게 이어지나 싶더니 급정거하는 느낌이 난다. 타이어에 펑크가 난 모양이다.

차에서 내렸는데 해가 중천에 떠 있어도 차가운 바람이 세차다. 한기를 막으려 두꺼운 옷을 껴입고 운전기사의 손놀림만 주시했다. 그는 늘 하던 일인 듯 익숙하게 수리를 마치고, 우리를 기다리던 일행들을 향해 전속력으로 내달렸다.

사막 투어의 마무리는 자연 온천에서

충청남도보다 조금 더 넓다는 우유니 사막은 소금 사막, 모래사막, 황무지 지역으로 나뉜다. 오늘 묵을 숙소는 산후안에 있다. 황무지 지역 깊숙한 곳에 소박한 호텔 몇 개가 모여 있는 작은 마을이다. 건물 외벽은 물론 침대, 식탁, 의자 등 모든 가구를 소금 벽돌로 만들었다. 소금 벽돌은 온도와 습도를 조절해 줘 실내 환경이 쾌적하다.

해가 떨어지면 온도가 급강하하므로 짐을 풀자마자 세면도구를 챙겨 샤워장으로 들어섰다. 머리를 말리고 있는 외국 여성들을 보고 깜짝 놀라 눈이 휘둥그레졌다. 샤워실이 남녀 공용이라니!

어영부영 샤워를 끝내고 8시에 불을 끈다고 하니 서둘러 저녁을 먹은 다음 잠을 청했다. 그나마 태양광 발전기 덕분에 사막 한가운데서 전등은 물론 카메라와 노트북, 핸드폰을 충전할 수 있었다. 잠이 오지 않아 별과 은하수를 볼 겸 단단히 옷을 입고 나갔다. 길게 뻗은 흰 천 같은 은하수 위에 수를 놓은 듯 수많은 별로 그려진 사막의 밤하늘이 내 눈앞에 펼쳐졌다. 상상 이상이었다. 그냥 잤으면 억울할 뻔했다.

아침 기온이 생각보다 낮아 추위를 대비해 점퍼로 무장하고 차에 올랐다. 오늘은 알티플라노고원에 있는 호수들을 본다. 사막 투어의 필수 방문지인 버섯 모양의 바위 아르볼 데 피에드라(돌의 나무)는 오랜 세월 모래바람의 풍화 작용으로 자연 조각을 만날 수 있는 야외 전시장이다.

아르볼 데 피에드라에 인접한 라구나 카나파, 플라밍고가 많은 라구나 에디온다, 초록빛을 띤 라구나 온다, 점심을 먹은 라구나 치르코타…. 라구나는 호수라는 의미로 우유니에는 라구나가 많으며 대부분 해발 4,000m 넘는 곳에 있다. 라구나는 약 20개가 있는데 우기에는 100개가 넘는 라구나가 생긴다.

특색 있는 여러 호수를 돌아다니며 플라밍고 군무도 보고 야트막한 언덕에서 우리를 물끄러미 쳐다보는 라마 떼, 기러기와 꼭 닮은 새들의 정돈된 울음소리도 들을 수 있었다. 멀리 차창 밖으로 보이는 만년설을 머리에 이고 있는 6,000m 넘는 고봉들과 연기를

소금 벽돌로 지은 숙소는 샤워실도 있고 태양광으로 발전해 전기를 공급하지만, 오후 8시면 소등이 돼 잠 자는 것 외에 할 일이 없다.

바람에 깎여
나무 모양으로
변한 바위

소금기를 포함한 얕은 호수에 서식하는 해조류를 먹으며 살아가는 플라밍고

연기를 뿜고 있는 활화산. 우유니 사막의 고도가 3,600m 정도이니 저 산은 족히 5,000~6,000m는 되지 않을까?

피우면서 언제 놀래킬까 고민하는 크고 작은 활화산을 보며 적막한 황무지 곳곳을 돌아다녔다.

내일은 사막 투어 마지막 날이다. 새벽 3시에 일어나야 하는 고된 일정이어서 조금 일찍 라구나 콜로라도 보호구역의 숙소로 향했다. '솔 데 마냐나'('아침의 태양'이라는 뜻)는 간헐천이다. 4,800m 고지대에 있으며 해가 뜨기 전에만 화산 활동을 해 이른 시간에 도착해야 땅에서 뿜는 흰 연기를 볼 수 있다.

새벽 3시에 일어나 털모자만 눌러쓰고 차에 올랐다. 주위를 둘러보니 이 숙소에서 자던 모든 이가 같은 시간에 일어나 잠이 덜 깬 상태로 자기가 타야 할 차를 찾느라 분주했다. 차에 달린 계기판을 들여다보니 실외 온도는 영하 11도, 고도는 4,000m를 가리키고 있다.

페루 쿠스코에서 고산병을 심하게 앓아서 그런지 이 고도 정도는 뛰어다닐 정도로 적응이 됐나 보다. 이곳이 첫 일정인 몇몇은 어제 저녁밥도 먹지 못하고 고산병 증세로 고생하는 중이다.

고산증은 무기력, 숨 가쁨, 가슴 답답증, 구토 등 다양하게 나타난다. 인간 코알라가 돼 모든 행동거지를 천천히 하면서 깊은 심호흡을 하면 조금 진정시킬 수 있다. 코카티(코카인 원료가 되는 나무 잎사귀로 볼리비아에서만 복용 가능)를 자주 마시면 도움이 된다.

아직 사라지지 않은 은하수와 쏟아지는 별들이 내려다보는 캄캄한 새벽에 여러 대의 지프가 라이트를 켜고 산등성이를 경쟁적으로 오르는 모습 또한 장관이다. 주변이 어두워서 보이지 않지만, 지프의 흔들리는 강도와 횟수로 여기저기 깊이 파인 웅덩이가 있는 비포장도로를 빠르게 달리는 것을 알 수 있다. 격한 움직임에 몸이 버틸 한계치에 도달할 즈음 멀리 연기가 피어오르는 게 보인다.

차에서 내리자마자 코를 파고드는 달걀 썩는 냄새가 역했다. 순간순간 땅에서 솟구치는 연기에 조심스럽게 손을 뻗어보다가 생각보다 뜨거워 얼른 손을 뺐다. 헤드 랜턴 불빛에 의지해 펄펄 끓는 진흙 구덩이 지역으로 조심스레 다가가 보았다. 시꺼먼 찰흙이 끓

새벽에만 연기를 뿜는
솔 데 마냐냐

공짜 온천을 하러 온 배낭족이 모두 모였다. 사막을 건넌 노고에 대한 위로와 무용담을 쏟아내는 자리이기도 하다. 앞에 보이는 것이 탈의실이다.

틀거리는가 싶더니 누군가의 손이 툭 삐져나와 나를 잡아끌 것만 같았다.

이 산을 넘으면 5,000m에 따끈한 노천 온천이 기다리고 있다. 아침 식사를 준비할 동안 온천을 할 수 있는 자유시간이 주어졌다. 언제 다시 오겠나 싶어 망설이던 마음을 접고 수영복으로 갈아입으려는 데 탈의장을 찾지 못해 갈팡질팡했다.

온천욕을 하는 여행객에게 물어보니 화장실에서 갈아입었다고 손가락으로 위치를 알려줬다. 그런데 화장실도 남녀 공용이다! 수영복으로 갈아입은 남녀가 여기저기서 튀어나오고 있었다.

나도 눈 질끈 감고 잠금장치가 고장 난 화장실 문을 대충 닫은 다음 잽싸게 수영복으로 갈아입었다. 추위에 덜덜 떨며 화장실과 조금 떨어진 온천으로 뛰어가 몸을 담갔다. 일순간 몸이 사르르 녹으면서 졸음이 밀려왔다. 잠시 후 온천은 옆 사람과 살이 맞댈 정도로 복닥거렸고, 일부는 밖에서 대기 중이다.

온천에 몸이 데워져서인지 해가 떠서인지 모르겠으나 추위에 쪼그려 뛰어갈 때와 달리 위풍당당하게 옷을 갈아입기 위해 화장실로 향하는데 온천 옆으로 탈의실이 보이는 게 아닌가. 어둑어둑하고 추워서 급한 대로 화장실을 이용했는데 말이다.

아침 식사 장소인 라구나 베르데에 도착하니 온천욕을 하지 않은 일행들이 반겨줬다. 식사 후 호수를 거니는 플라밍고를 사진에 담고 국경으로 향했다. 허허벌판에 외롭게 서 있는 초라한 건물이 볼리비아 국경 초소다. 이곳에서 볼리비아 출경 신고를 한 뒤 아타카마 사막을 한참 달리니 칠레 입국을 위해 산 페드로 데 아타카마로 데려다줄 버스가 기다리고 있었다.

세계 유일한 분단국가인 우리나라도 하루빨리 남북이 자유롭게 왕래할 수 있기를 간절히 바라며 버스에 몸을 싣는다.

남아메리카 대륙의 심장
이구아수 폭포

밤 버스를 타고
이구아수 폭포 마을로

남미 대륙의 최고 볼거리인 이구아수 폭포는 이 지역 원주민인 과라니족의 언어로 '물'이라는 뜻의 '이'와 경탄할 만큼 크다는 '구아수'가 합쳐진 말로 '엄청나게 큰물'이라는 뜻이다. 원주민들은 오래전부터 이 폭포의 존재를 알고 있었지만, 공식적으로는 1541년에 에스파냐 정복자이자 탐험가였던 알바로 누네스 카베사 데바카가 처음 발견한 것으로 알려져 있다.

이구아수 폭포의 좌우 폭은 2.7km에 달하며 폭포 270여 개가 아르헨티나와 브라질, 파라과이에 걸쳐 있다. 세계 3대 폭포인 나이아가라와 빅토리아를 합쳐도 이구아수 폭포보다 작다.

루스벨트 대통령 부인 엘리너 여사가 이구아수 폭포를 보자마자 “아, 나이아가라 폭포는 어쩌면 좋아!”라고 탄식했다는 일화는 유명하다. 자국의 나이아가라 폭포와 비교되지 않을 정도의 자연 그대로의 아름다움과 웅장함을 솔직 담백하게 표현한 것이리라.

아르헨티나 부에노스아이레스에서 버스로 18시간을 달려야 이구아수 폭포의 관문 도시인 푸에르토 이구아수에 도착할 수 있다. 우리가 이용한 리무진 버스는 의자를 젖히면 비행기 일등석보다 더 편한 침대가 돼 장거리 여행에 편리하다.

침낭을 펴서 덮은 것은 기억나는데 지금 시간이 오후 8시니 3시간을 잤나 보다. 맛있는 음식 냄새가 나서 주위를 둘러보는데 모두 같은 도시락을 먹고 있는 게 아닌가. 언제 샀냐고 물었더니 기내식처럼 버스에서 제공하는 저녁이란다. 제공된 저녁 식사는 닭다리찜, 샌드위치, 후식 빵인데 위스키나 와인은 무제한이다.

부에노스아이레스에서
푸에르토 이구아수까지
리무진 버스로 장장 18시간이 걸렸다.

카메라에 담은 사진들을 노트북에 옮겨놓고, 밀렸던 일기를 쓰다 지치면 자고, 심심하면 또 자다 깨도 창밖으로 보이는 것은 어둠과 마을 어귀를 비추는 가로등뿐이다. 비행기로 가려다가 버스를 타고 지나는 마을을 구경할까 했는데 시간을 잘못 계산해서 밤 버스를 타고 말았다.

이구아수 폭포의 마을 푸에르토 이구아수 터미널에 도착한 시간은 오전 10시. 약속한 시간에 제때 도착했다. 버스 승객들은 교대로 운전한 2명의 기사와 밤새 서빙을 한 승무원에게 진심을 담아 박수로 감사함을 전했다.

출국 신고 누락으로 벌어진 해프닝

푸에르토 이구아수 마을의 예약한 숙소에 짐을 던져놓고 이구아수 폭포를 보러 브라질행 시내버스에 서둘러 몸을 실었다. 아르헨티나 검문소에 도착했는데 버스 기사가 내려 갔다 오더니 아무런 설명 없이 버스를 출발시켰다.

괜찮다고 대답하는 운전사의 태도에도 불구하고 왠지 싸하다. 이 불안함은 돌아가는 길에 적중했다. 주민으로 보이는 승객에게 물어봐도 안다는 건지 모른다는 건지 어깨만 으쓱거렸다. 출국은 물론 브라질 입국 신고도 없어 어리둥절하고 있는 사이에 시내를 가로질러 이구아수 국립공원 방문자센터에 다다랐다. 센터에서 전망대까지 운행하는 버스를 타고 다시 한번 이동했다.

이구아수 국립공원은 전체 폭포의 25% 정도로 규모가 작아 폭포 관람 경로가 단순하지만 이구아수 폭포 전체를 감상할 수 있는 뷰포인트가 있다. 버스 종점에서 하차해 열대우림을 걷다 보니 물소리와 함께 수십 개의 폭포가 나를 반기는 것 같았다.

숲속 길을 지나 전망대에 도착하니 조금 전에 본 폭포들이 여러 개의 무지개로 치장해 전혀 다른 모양으로 아름다움을 뽐내고 있다. 4.5km에 걸쳐 평균 70m 높이에서 떨어지는 물로 인해 물안개가 연기처럼 피어오르고 있다.

전망대 앞뜰에는 중절모를 쓴 멋쟁이 동상이 있고 다리 공사 관련 사진을 전시하고 있다. 당시 변변한 장비 없이 거세게 흐르는 물살 위로 다리를 놓으며 인명 피해가 컸다는 사실을 전시장 한쪽에 비치된 사망자 명단을 통해 알 수 있었다.

잠시 묵념하는데 누가 다리를 툭툭 쳤다. 이곳의 마스코트 긴코너구리(코아티)가 뭔가를 바라는 듯한 애절한 눈빛을 보내고 있는 게 아닌가. 별 반응이 없자 얼른 다른 관광객을 찾아 내빼는 녀석의 행동을 보니 눈치가 참 빤하다.

이제 이구아수 폭포의 백미인 '악마의 목구멍'을 보러 성난 폭포를 가로지르는 다리를 걸어서 물보라로 뿌옇게 보이는 전망대로 가야 한다. 다리 초입부터 격하게 반기는 물보라는 외면하기 쉽지

아르헨티나와 브라질에 걸쳐 있는 이구아수 폭포는 각각의 나라에서 바라보는 매력이 있다.

않다. 우비를 미처 꺼내기도 전에 온몸이 젖고 있었다. 가까이 갈수록 눈을 뜨지 못할 정도로 물보라가 심해지고 물방울이 얼굴을 때리는데 제법 얼얼하다.

다리 끝까지 가자 80m 낙차에서 생기는 물보라로 육안으로는 '악마의 목구멍'을 정확히 볼 수 없어 사진만 열심히 찍었다. 물보라와 앙상블을 이루는 세찬 바람이 다리 밑으로 흐르는 험한 물살로

이구아수 폭포의 진가를 경험하고 싶다면 이 다리를 걸어보자.

다리 끝에서 본
악마의 목구멍

나를 밀어버리지는 않을까 하는 두려움에 그 자리에 더는 있기가 힘들었다. 소낙비 맞은 생쥐 정도가 아니라 이 몰골을 딱히 표현할 단어조차 생각나지 않았다.

전망대를 뒤로하고 종점으로 향하는 오솔길에서 각양각색의 폭포가 발길을 한참씩 잡아끌었다. 종점 부근의 식당에서 맥주와 피자로 늦은 점심을 하고 버스를 기다리는데, 이탈리아에서 왔다는 대학생 커플이 아르헨티나 귀환을 택시로 하자고 제안했다. 시간도 늦었고 야간 버스를 타고 와 피곤한 데다 택시비를 4명이 나누니 버스비와 비슷해 흔쾌히 수락했다.

스페인어를 유창하게 하는 이탈리아 커플이 택시 기사와 최종적으로 가격을 협상하고 우리 일행은 택시에 올랐다. 아르헨티나 검문소에 도착해 택시는 바리케이드를 지나서 대기하고, 우리는 입국 절차를 밟으려 국경 초소로 들어섰다. 커플은 통과했으나 우리 둘은 출국 신고가 안 됐다며 입국을 불허했다. 아차 싶었다!

"우리는 어제 부에노스아이레스를 떠나 오늘 이곳에 왔고 아까 국경을 넘을 때 시내버스 기사가 당일 여행은 그냥 다녀와도 된다고 했어요."

우등버스와 시외버스 티켓을 보여주면서 설명했지만, 윗사람에게 보고했으니 저쪽에 앉아 기다리라고 했다. 시간이 지체돼 택시 기사에게 택시비를 계산할 테니 먼저 가라고 했는데, 기사는 도리어 이민국에 잠깐 다녀올 테니 기다리라며 우리를 안심시켰다. 잠시 후 이민국 직원이 우리를 부르더니 여권을 주면서 국경을 넘을 때는 반드시 출입국 신고를 하라는 주의를 줬다. 기사와 일행 보기가 어찌나 민망하던지….

마침 커플과 같은 호스텔이라며 그곳까지 데려다준 택시 기사에게 감사의 인사를 전했다. 아무래도 택시 기사가 약간의 불법적인 돈을 낸 것 같아 별도 팁과 열쇠고리도 선물했다.

뛰어들고픈 충동을 불러일으키는 악마의 목구멍

오늘은 아르헨티나에 있는 이구아수 폭포 관광을 하는 날이다. 브라질보다 관광객이 붐벼서 아침 일찍 서둘러 숙소를 나섰다. 소문대로 이른 아침인데도 기차를 타려는 인파로 북적였다. 브라질에서는 버스가 수시로 다니지만, 이곳에서는 정해진 시간에 떠나는 꼬마 열차를 여러 겹의 긴 줄에서 한참을 기다려야 한다.

기다리면서 엠파나다(아르헨티나 튀김만두)로 아침을 해결하고 나니 열차가 들어오는 게 보였다. 천장만 있고 창문이 없는 작은 기차로 한 번에 300명 정도는 탈 수 있다. 다행히 우리까지는 이번 열차에 탑승했다. 내 뒤로 서 있는 사람들은 다음 기차를 타야 하는데 어느 사이에 줄이 몇 겹이 늘어나 넓은 대기실이 꽉 차버렸다.

기차에서 내려 20분 정도 다리를 걸어가면 '악마의 목구멍'을 만날 수 있다.

아르헨티나 이구아수 국립공원은 면적이 브라질의 4배 정도다. 낮은 산책로(lower trail), 높은 산책로(upper trail), 악마의 목구멍 등 3개 산책로가 있어 다양한 코스에서 폭포를 가까이 감상할 수 있다. 우리는 인파가 가장 많이 모이는 악마의 목구멍 코스로 가기 위해 중간역에 내려서 카타라타스역행으로 환승을 했다.

카타라타스역에 도착하자마자 전망대의 좋은 자리를 차지하기 위해 일부는 마라톤 선수처럼 뛰고 일부는 경보 선수처럼 걷는 광경을 마주쳤다.

악마의 목구멍으로 가는 데크 다리를 걷다 보니 새들이 번갈아 가며 내게 말을 걸어왔다. 20분 정도 걸으니 천둥 치는 소리와 더불어 하늘로 연기가 오르는 듯한 광경을 볼 수 있었다. 조금 더 가니 이번에는 하늘에서 보슬비와 소낙비 중간 정도의 비가 쏟아졌다.

악마의 목구멍으로부터 80m 아래로 떨어진 낙수가 물보라가 돼 비를 만들어 자기를 보러 온 사람들에게 감사 인사를 한다. 준비 없이 걷다가 서둘러 카메라를 보호하고 폭포로 다가서는데 좋은 자리를 선점한 이들 때문에 낄 틈이 없다.

잠시 뒤로 철수해 물보라가 적은 곳에서 카메라를 꺼내 줌을 당겨 사진을 찍었다. 이곳에서 흐르는 물은 평온하기만 한데, 악마의 목구넝에만 가면 인간의 영혼까지 빼앗아갈 정도의 무시무시한 악마로 변한다. 누가 이름을 지었는지 기막히다.

잠시 후 최고 뷰포인트에서 야성미를 자랑하는 폭포를 마음껏 눈으로 보고 사진에 담았다. 아무리 조심해도 카메라 렌즈에 붙는 물방울을 어찌하지 못해 고전하고 있는데 어떤 이가 렌즈 닦는 수건을 내밀었다. 이곳에서 폭포를 배경으로 사진을 찍어주는 전문 사진사다. 내가 자기 밥줄인 명당자리에서 렌즈를 닦으며 사진을 찍느라 시간을 지체하니 렌즈 전용 수건을 빌려주며 얼른 찍고 비키라는 무언의 압력이다.

명당자리는 양보하고 말발굽 모양의 악마의 목구멍이 빨아들여 바닥으로 내동댕이치는 용틀임을 멍하니 바라봤다. 누군가가 나를 부르는 듯한 착각에 빠져 뛰어들고 싶은 충동이 들 정도였다.

브라질 쪽의 탐방로가 짧아 관람하는 데 시간이 오래 걸리지 않

80m 낙차의 '악마의 목구멍'으로부터 피어오르는 물보라가 순식간에 옷을 적신다.

'악마의 목구멍' 전망대에 이르면 물들이 한순간 발아래로 사라지는 지점이 보인다. 그때부터는 난간으로 한 발자국 다가서는 것조차 두렵다.

높은 산책로, 낮은 산책로를 걷다 보면 크고 작은 폭포와 예쁜 무지개를 만나곤 한다.

은 반면, 아르헨티나 쪽에는 3개의 긴 코스가 있어 모두 돌아보려면 하루 일정으로는 모자란 편이다. 가까이 있는 높은 산책로로 접어드니 몇몇 폭포는 제주도의 천지연 폭포나 정방 폭포와 같이 친숙하다. 이 코스는 브라질 산책로와 비슷해 폭포의 굉음 소리나 물보라 세례 없이 폭포와 주변 경치를 감상할 수 있었다. 햇살이 강해서인지 폭포를 지날 때마다 무지개도 볼 수 있었다.

낮은 산책로로 가려고 미끄러운 계단을 내려서니 한구석에서 사람들의 웅성거리는 소리가 들렸다. 크지는 않지만, 폭포 바로 앞까지 갈 수 있도록 다리가 있었다.

내 옆으로 웃옷을 벗은 관광객들이 폭포를 향해 뛰어가고 있었다. 조금 있다가 보트 투어를 하면 어차피 옷이 젖을 거라는 생각에 그대로 몇 발자국 옮겼다. 예상대로 온몸은 젖고, 그리 크지 않은 폭포인데 물보라가 매서워 눈 뜨기가 힘들 정도였다.

거친 강물을 헤치고 폭포 입구로 돌격

물을 무서워하지만, 고민 끝에 이구아수강 보트 투어를 하기로 했다. 강력한 모터를 장착한 고무보트를 이용해 강을 거슬러 올라가서 폭포 속으로 돌진해 폭포 물을 맞고 돌아오는 것이다. 선착장에서 예약 티켓을 보여주니 구명조끼를 주며 대기하라고 했다. 잠시 후 보트가 도착해 내리는 사람들을 보니 모두 우비는 입었지만, 몰골들이 말이 아니었다.

구명조끼는 막상 입었지만, 탈지 말지를 결정 못 하다가 하필이면 첫 번째로 보트에 올랐다. 얼떨결에 보트 앞 좌석에 앉았는데 뒷좌석에 앉지 않은 것이 후회됐다. 그러나 보트 투어를 마친 외국인이 준 비닐 우비 안으로 카메라를 감추고 폭포를 제대로 찍어보겠다는 강한 의지를 다졌다.

선장의 고함과 함께 보트는 엔진 소리를 내며 서서히 속도를 올

낮은 산책로로 내려와 보트를 타면 아르헨티나와 브라질 국경을 오가며 폭포 바로 밑까지 갈 수 있다. 보트 맨 앞에 앉았다가 떨어지는 물줄기에 맞아 하늘나라로 직행하는 줄 알았다.

렸다. 좌우 계곡으로 떨어지는 여러 개의 폭포는 육지에서 보는 것과는 또 달랐다. 다행히 심한 물보라는 없어 폭포의 모습을 정면에서 담을 수 있었다. 선장은 잠시 폭포 앞에 배를 정지시키더니 마지막 포토 타임이라며 이제부터 카메라는 물에 젖지 않게 알아서 관리하라고 주의를 준다. 악마의 목구멍 근처는 물보라가 심해 사진 찍기가 힘드니 미리 사진을 찍으라는 배려다.

갑자기 보트가 전속력으로 높은 곳에서 떨어져 한창 기가 살아 있는 거친 강물을 헤쳐 폭포 입구로 돌진한다. 폭포에 최대한 가까이 가는데 거친 물보라와 바람에 내 모자는 온데간데없고 자칫하면 안경까지 벗겨질 기세다. 성난 파도에 보트는 출렁이고 밀려나지 않으려는 보트의 엔진 소리가 애처롭기까지 하다. 우비 안에 숨겼던 카메라로 가까스로 폭포 떨어지는 모습을 동영상에 담았다.

서서히 배가 후진하며 폭포와 적당한 거리를 두고 선장이 "한 번 더!"를 외친다. 그냥 돌아가자는 내 외침은 폭포 소리에 묻히고 말았다. 정신을 차려보니 힘을 소진한 보트는 흐르는 강물에 몸을 맡긴 채 둥둥 떠내려가고 있었다. 선착장에서 보트 탑승을 기다리는 이들에게 나도 엄지를 들어 보이며 한국말로 한마디 한다. "당신들도 한번 식겁해봐."

숙소로 돌아갈 시내버스를 기다리며 노천 식당에서 늦은 점심을 먹는데 긴코너구리가 아는 척을 한다. 내가 먹던 엠파나다 반을 뚝 잘라 던졌더니 여러 마리가 한꺼번에 달려들어 순식간에 해치워버린다. 순간 이 녀석이 사나운 짐승이라는 경고 안내판이 떠올랐다. 다행히 식탁으로 올라오거나 더 달라고 엉기지는 않는데 무시하고 먹으려니 마음이 영 불편했다.

돌아오는 버스 안에서 시큼한 냄새가 났다. 아마도 옆에 앉은 승객의 옷이 땀과 물에 젖었다 말랐다 해서 쉰내가 나리라. 저 사람은 내 몸에서도 같은 냄새가 난다며 참고 있을 듯했다. 그러거나 말거나 버스는 느긋하게 뒷짐 진 양반걸음 속도로 달린다.

전망대에서 바라본 이구아수 폭포

2장

역사 속으로 사라진 고대 도시를 찾아서

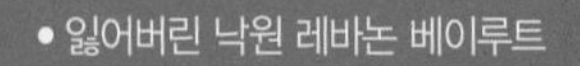

- 잃어버린 낙원 레바논 베이루트
- 하늘에 떠 있는 왕궁, 스리랑카 시기리야 성채
- 사막에 감춰진 신비의 도시 요르단 페트라
- 태양의 신전을 품은 페루 마추픽추
- 유대 민족 디아스포라의 시작, 이스라엘 마사다

잃어버린 낙원
레바논 베이루트

고대와 현대의 조화,
비블로스

어제저녁 베이루트 시내가 내려다보이는 하리사 언덕 정상에 있는 '레바논의 성모 마리아'라고 불리는 거대한 성모 마리아를 보고 온다고 했더니, 호텔 주인이 역사적인 배경도 설명해주고 택시까지 예약해주었다. 그 친절함에 감동해 태극무늬가 그려진 장구 열쇠고리 선물 보따리를 풀었더니 고마워하며 뜻밖의 말을 했다.

"미스터 한, 한 달만 일찍 왔어도 레바논산맥에서 스키를 즐길 수 있었는데 아쉽네요."

"뭐라고요? 열사(熱沙)의 지역 중동에서 스키를 탄다고요?"

"오전에는 레바논산맥에서 스키를 타고, 오후에는 우리 호텔 앞 해변에서 수영하고요."

아침부터 사기성 짙은 농담을 하는 것 같아 믿지 않는 나를 보고 호텔 주인은 관광 안내 팸플릿을 펼치며 핏대를 올렸다. 힐끗 보니 스키를 타는 멋진 커플 사진이 표지를 장식하고 있다.

레바논산맥 산봉우리들의 평균 고도는 2,000m를 넘는다. 그래서 겨울철에는 자기 실력에 맞는 코스를 택하고 리프트를 이용해 산 정상으로 올라가서 스키를 즐긴다. 우리나라처럼 인공 눈이 아닌 진짜 눈인 데다 자연 지형을 이용한 코스라서 초급자들이 어려움을 겪는다고 한다. 중동에서 스키를 탈 수 있는 나라는 레바논과 아랍에미리트다. 그러나 두바이 도심에 자리한 에미리트 쇼핑몰의 실내 스키장은 천연 눈이 아닌 인공 눈으로 만든 것이다.

"진짜 스키를 탈 수 있다고 하니 레바논이 최고네요."

내가 부추겨 세우니 호텔 주인은 그제야 만족스러운 미소를 짓는다.

오늘은 지중해 연안을 따라 번성했던 고대 도시를 가는데, 영어로 소통이 가능한 기사가 운전하는 택시를 빌려서 이동한다. 내가 묵는 호텔은 구도심과 가까운 비둘기바위 해안에 있다. 북쪽 비블로스와 남쪽 시돈의 중간 지점으로 《성경(Bible)》의 어원이 됐다는 비블로스부터 일정을 시작한다. 영어의 바이블(Bible)은 그리스어의 바이빌리아(Biblia, Biblos 복수형)에서 유래한 것이다.

레바논산맥을 넘어가는 길에 수북이 쌓인 눈을 보니 이곳에서 스키를 탈 수 있다는 게 실감이 났다.

서쪽으로 225km에 걸쳐 지중해 연안과 접해 있는 레바논. 육지로는 시리아, 이스라엘과 국경을 접하고 있다. 우리나라 경기도 정도 되는 작은 국가다. 《구약성경》에 '젖과 꿀이 흐르는 땅'으로 소개된 곳이기도 하다.

페니키아인은 지중해 해안을 따라 비블로스, 시돈, 티레 등의 여러 도시 국가를 건국했으나 페르시아, 알렉산더대왕, 로마 제국, 비잔틴 제국(동로마 제국), 아랍 제국, 십자군에 차례로 침략당했다. 자신들이 이룬 역사 위에 침략한 나라의 독특한 문화가 덧칠해진

구도심에 인접한 젊은이들의 데이트코스이자 필수 관광 코스인 비둘기바위

결과 레바논의 유적은 다양하고 매력적이다.

레바논의 국교는 이슬람교가 아니다. 이슬람교에서 금기시하는 술을 마실 수 있고, 여성의 신체 노출도 자유로워 해변에서 비키니 입은 젊은 여성들을 쉽게 볼 수 있다. 그래서 근처 이슬람 국가의 부호들이라면 베이루트에 세컨드하우스 하나 정도는 있어야 한다나.

최근에는 레바논 하면 '관광하기에 위험한 나라'로 구분돼 가보고는 싶지만 선뜻 떠나기는 쉽지 않을 것 같다. 레바논은 중동에서

유적지로 오갈 때 만나는 고풍스러운 상점 거리

유일하게 기독교가 40%를 차지하고 있다. 극과 극을 달리는 주변국 시리아와 이스라엘의 간섭으로 1975년부터 15년간 내전을 겪으며 베이루트는 많은 건물이 폐허가 됐고, 물가가 폭등해 국민은 경제적으로 어려움을 겪고 있다.

호텔에서 비블로스까지는 42km 정도 된다. 차로 40분 정도를 지중해 해안을 따라 북쪽으로 올라갔다. 해안도로 오른쪽의 가파른 언덕에 지어진 대저택과 빌라들은 멀리서 봐도 고급스러웠다. 부자들의 별장임을 단박에 알 수 있었다.

비블로스에 도착하니 멀리 바닷가에 부서진 성채(海城)가 보였다. 옆으로는 작은 어선들이 정박해 있어 십자군의 중세 시대와 현대가 조화를 이루는 모양새다. 주베일(비블로스의 아랍식 이름) 유적지를 보려면 인공 데크를 따라 고대와 중세에 지어진 성벽을 끼고 건물 사이로 난 구불구불한 좁은 거리를 지나야 한다.

좌우로 줄지어 있는 작은 가게를 지나다 보면 각양각색의 기념품이 관광객들을 반긴다. 이 가게들은 옛 성벽을 이용해 지붕과 기둥만 세워서 지었다. 옛것을 보존하는 오래된 도시만의 매력을 흠씬 느낄 수 있었다.

세월이 흘렀지만, 아직도 옛 모습을 유지하고 있는 성문을 통과하면 오른쪽으로 십자군이 건축한 성채와 그 잔재들이 눈에 들어온다. 바닷가로 향하는 도로 옆으로는 로마 시대의 왕립공동묘지(로열 네크로폴리스)가 보인다.

십자군 성채 망루에 오르면 항구로 오가는 선박들의 동선을 쉽게 볼 수 있는데 입장할 수는 없었다. 비싼 입장료를 냈는데 진입할 수 없는 곳이 많아서 살짝 심통이 났지만 아무 데나 오르고 마구 만지면 보존하기 힘들겠다는 생각에 이해가 되기도 했다.

이곳은 십자군이 만든 성, 페니키아 시대의 항구, 로마 시대 극장 등 다양한 시대의 유적이 엉켜 있다. 한마디로 파란만장한 비블로스의 역사를 한눈에 볼 수 있는 실외 박물관이다. 오래된 도시답게 기원전 6,000년 전의 유적지와 큰 웅덩이로 보이는 이곳저곳에 주거지로 보이는 돌무더기도 있었다. 어떤 것은 한눈에 '우물'임을 알 수 있을 정도로 잘 보존돼 있었다.

비블로스의 귀족 공동묘지 유적. 로마인들은 죽은 자의 도시(네크로폴리스)를 만들어 산 자의 도시(아크로폴리스)와 구분 지었다.

오벨리스크 신전

오벨리스크 신전은 우리가 알던 이집트나 터키의 거대한 탑 모양이 아니었다. 끝이 뾰족하고, 작고 소담한 바위들 여러 개가 서 있으며, 허물어진 돌담들이 주위를 에워싸고 있었다. 혹시 페니키아인들이 이집트와 교역이 한창일 때 수입한 것은 아닐까?

이곳의 하이라이트인 야외극장으로 향했다. 로마 시대의 특징을 잘 나타내는 열주들이 늘어선 도로가 바닷가로 쭉 뻗어 있는데 그 끝자락에 바다가 내려다보이는 아담한 극장이 있다.

반달 모양에 5열 좌석 규모로 크지는 않지만, 예전 모습을 잘 보존하고 있었다. 당시 최고위층 자리에 앉으니 무대 배경이 됐던 지중해가 한눈에 들어왔다. 햇빛에 반짝이는 지중해는 무대 배경치고는 세계 최고가 아닌가 싶다.

유적지에서 가장 높은 곳에 오르니 십자군 해안 성채부터 극장, 선사 시대 유적지, 오벨리스크 신전 등이 혼재돼 있지만, 불균형 속의 조화를 이뤄 묘한 매력을 발산한다. 이것을 아름답다고 해야 할지 아니면 아픈 역사를 기억하며 슬퍼해야 하는지 모르겠다.

나오는 길은 들어갔던 길과 다른 곳인지 길바닥이 작은 돌과 대리석으로 깔끔하게 정리돼 있었다. 골목에 있는 건물들 하나하나가 예쁘고 세련됐다. 주로 음식점과 바, 카페가 들어서 있는 이 골목은 여러 나라에서 온 젊은 관광객들이 베이루트의 밤 문화를 경험하는 곳이다.

비블로스는 수많은 외침을 받았음에도 불구하고 유서 깊은 항

소극장 중앙은 최고위층 좌석이다. 무대 뒤로 보이는 지중해만 봐도 스트레스가 해소됐을 듯하다.

망루에서 내려다본 비블로스 풍경

구 도시의 모습을 잘 간직하고 있다. 게다가 손상되지 않은 아름다운 구시가지가 버무려져 독특한 매력을 발산하고 있는 게 신기했다.

시간 절약을 위해 차에서 마실 요량으로 가게에서 시원한 맥주와 가이드에게 줄 음료를 샀더니 자기는 마론파(오늘날 레바논과 시리아에서 가장 유력한 기독교 공동체)라서 술을 마셔도 된다고 한다.

"이스마일! 지금 무슨 소리 하는 건가요? 운전해야 하는데."

"맥주 한 병 정도는 취하지도 않고 여긴 음주 단속을 하지 않습니다."

"그러지 말고 이따 호텔에다가 주차해놓고 한잔합시다."

치사하지만 운전기사 비위를 맞추느라 일정을 마치고 한잔하자는 약속을 했다.

해성 시돈과 고대 도시 사이다

갔던 길을 돌아오는 것이라 새삼스러울 게 없어 지루함이 밀려왔다. 시돈으로 가는 도중에 비둘기바위에서 점심을 먹으려 했는데 시돈까지 가는 1시간 30분 정도의 시간에 달콤한 낮잠을 자기 위해 급하게 계획을 변경했다.

"이스마일, 곧바로 시돈으로!"

3월 지중해의 따사로운 햇살에 푹 자다 깨어보니 도심이 아닌 전원 풍경이 눈에 들어왔다. 시계를 보니 1시간 넘게 잤나 보다.

'저녁 약속을 잘해놨구먼. 자는 동안 혹시 으슥한 곳으로 데려가서 나쁜 짓을 할 수도 있었을 텐데….'

혼자 중얼거리다가 정신을 차리고 창밖을 보니 폭탄으로 파괴된 듯한 건물들이 길거리 곳곳에 보이고 검문소도 군데군데 있다. 비블로스 즉, 도심에서 북쪽으로 갈 때와는 분위기가 완전히 다르다.

옛 이름이 사이다(Saida)인 시돈은 그리스어 시도니아(Sidonia)에서 온 이름으로 페니키아어로 '어장(漁場)'이라는 뜻이다. 옛날부터 해상 무역이 발달해 잠시 후 방문할 티레와 지중해 주도권 경쟁을 하던 해양 도시 국가다.

이곳은 이슬람 수니파가 주도권을 잡고 집단 거주하는 지역으로 얼마 전까지도 반이스라엘 헤즈볼라와 레바논 민병대(팔랑헤)가 전투를 벌인 교전 지역이기도 하다.

이슬람 전통 시장(수크)에 도착하니 멀지 않은 곳에 사진으로 봐서 익숙한 십자군풍의 해성이 아담한 돔을 머리에 이고 내게 윙크를 하고 있다. 요새로 가려면 바다를 가로지른 돌다리를 건너야 하는데 지금은 모래가 퇴적돼 바다를 지나 해안 성채로 들어가는 느낌은 거의 없다.

다리 중앙에 다다르니 성채를 빼앗으려는 자와 화살을 쏘며 방어하는 자들의 처절한 고함이 바람 소리에 섞여 들리는 듯했다. 해성에 도착하니 녹슨 포 한 자루가 입구를 가로막으며 방문객에게

정면에서 본 십자군 해성

성채 안쪽에서 본 해성과 신도시 시돈의 스카이라인

신고식을 받으려는 듯 놓여 있었다.

성채 규모가 크지는 않지만, 짜임새 있게 설계하고 탄탄하게 지어져 지금도 일부 건물과 벽은 완벽하게 보존돼 있었다. 그래서인지 일부 성채의 옥상은 비블로스와 달리 개방해놓았다. 특히 돔 형태의 천장과 그 뒤로 보이는 시돈 신도시의 깔끔한 스카이라인이 나이 먹어 빛바랜 성채의 사진을 한층 돋보이게 해준다.

중세에 지어진 수크는 미로로 돼 있다. 우리 같은 관광객들은 자칫 길을 잃기 쉬운데 군데군데 화살표로 이동 경로를 안내해놓아 안심이다. 길이 애매할 때는 화살표만 따라가면 시장 밖으로 언제든지 나올 수 있다. 시장에는 양고기, 각종 채소 등 생필품과 색조가 화려한 히잡, 청바지를 파는 옷가게들이 이웃해 레바논 사람들의 일상을 엿볼 수 있었다.

수크의 미로를 따라 돌다 보면 가끔 벽돌로 쌓은 자그만 굴을 지나야 한다. 이 굴은 적의 기병이 말을 탄 채로 지나가지 못하게 고안한 것이다. 일부러 높이를 낮춰서 기병들의 추격을 지체시키는 용도다. 생활의 지혜? 아니다. 목숨을 지키기 위한 처절함이라고 보는 것이 나을 것 같다.

옛 마을 올드 사이다는 내륙의 진귀한 물품을 갤리선에 싣고 지중해를 누비며 해상 무역을 했던 도시 국가다. 내륙에서 물품을 나르던 대상들의 숙소인 칸에는 물품 보관소, 낙타와 대상의 쉼터가 한 건물에 있다. 일의 효율성을 고려한 듯하다. 칸은 수크 입구에

수크의 미로. 화살표와 이정표가 있어 관광객이 미아(?)가 되는 것을 방지한다.

대상들의 쉼터 칸

있으며, 머지않은 거리에 선착장과 바다로부터의 침략을 방어하는 해성이 있다.

수크의 미로 끝자락에 있는 식물성 수제 비누로 유명한 비누박물관을 힘들게 찾아갔는데 휴관이었다. 아쉽기는 하지만 훌훌 털고 돌아서는데 박물관 근처의 즐비한 비누 상점이 시끌벅적거리며 장사를 하고 있었다. 온갖 화려한 색상의 비누가 산더미처럼 쌓여 있고 외국 단체 관광객들은 100% 식물성 비누라며 탐욕스러울 정도로 바구니에 한가득 담고 있었다.

전통 시장을 구석구석 돌아다니다 보니 이슬람 사원과 교회, 심지어 성당까지도 적당한 거리를 두고 뒤섞여 있는 모습을 접하고 의외란 생각이 들었다. 이곳의 주민 80%가 이슬람교인데 교회와 성당이 이웃해 평화로운 광경을 연출하고 있는 것이다. 그래서 종교적인 화합의 의미를 담아 레바논을 '중동의 스위스'라고도 하는 것 같다.

수크 입구를 찾아 나오는데 어디선가 아이들의 쾌활한 목소리가 들려왔다. 시장 한복판 광장에서 아이들이 축구를 하고 있었다.

"얘들아, 나도 같이하자."

"좋아요."

메시 유니폼을 입은 대장으로 보이는 아이가 엄지를 들어 올리며 허락해줬다. 한참을 이리저리 뛰다 보니 겉에 입고 있었던 남방은 어느새 벗어젖히고 아이들과의 승부에만 집중했다.

메시 유니폼을 입은 이 동네 축구팀 대장이 지나던 여행자를 시합에 끼워주었다.

작전 타임을 걸어 잠시 쉬면서 미래의 레바논 국가 대표 선수들에게 한국제 알사탕을 나눠줬다. 그런데 사탕을 보면 마구 달려들어 자기에게 먼저 달라고 해야 할 아이들이 점잔을 떠는 게 아닌가. 아이들을 차례로 한 명씩 부른 다음 2개씩 주고, 축구를 구경하던 후보 선수들까지 불러서 나눠줬다. 나머지는 나이가 어린 순으로 하나씩 추가로 나눴다.

머쓱해하는 아이들에게 사탕 까먹는 시범을 보였더니 그제야 하나둘씩 입에 넣고 오물거렸다. 지금 나를 대하는 이런 순수한 마음으로 곱게 커서 다른 종교도 가슴에 품는 사려 깊은 어른으로 자라기를 바라며 한 녀석씩 격하게 안아주고 퇴장했다.

페니키아의 3대 해양 도시,
티레

오늘의 마지막 목적지인 티레는 베이루트 도심에서 남쪽으로 80km 거리에 있다. 티레는 수르(Sour), 《성경》에서는 두로(Dooro)라고 불리기도 한다. 오늘 방문했던 비블로스, 시돈과 더불어 페니키아의 3대 해양 도시로 꼽힌다.

티레로 가는 주변 풍경은 시돈에 올 때 느꼈던 것보다 더 삭막했다. 은근히 긴장시키는 분위기에 맘을 졸이고 있었는데 검문소에서 차량 통제까지 했다. 무장한 군인들이 탑승객 신분증도 검사하고, 트렁크도 열어보는가 하면 일부 사람들은 차에서 내리라면서 검문소 안으로 데려가기도 했다.

"한국 분이세요?"

"네, 어제 도착해서 여행 중인데 왜 우리 군이 여기에…."

"저희는 유엔 평화유지군으로 파견 온 동명부대 소속입니다."

내심 걱정하던 내게 확실한 동무가 생겼다는 안도감에 다운됐던 몸도 순간 회복되는 것 같았다. 자기들이 티레까지 경호해주겠다며 내가 사양하는데도 막무가내로 밀어붙인다. 겉으로는 사양하는 척했지만, 같이 가주면 진심으로 고마울 뿐이다.

"선생님, 저희 차로 옮겨 타시고 저 택시는 뒤따라오도록 하겠습니다."

"그래도 괜찮을까요?"

산타페 차량에 유엔기와 태극기를 휘날리며 달리는데 이 친구들이 쉴 틈을 주지 않고 교대로 질문 공세를 펼쳤다. 벌써 우리나라를 떠난 지 1년이 다 돼간다니 얼마나 궁금한 게 많을까 싶다. 나도 이에 질세라 몇 명이나 파견됐는지, 언제 왔는지, 근무 기간은 어느 정도인지, 선발 기준이 까다로운지 등 숨도 안 쉬고 질문으로 맞대응했다.

셋이서 폭풍 수다를 떠는 동안, 티레 고대 유적지에 도착했다. 가이드에게 부탁해 셋이서 인증샷을 남기고, 장구 열쇠고리와 하회탈 목걸이를 넉넉하게 안겨주었다. 별거 아닌 선물에 그 친구들이 어찌나 좋아하던지 당황스러울 정도였다. 작지만 정성이 담긴 선물을 받고 저렇게 좋아하는 순수한 모습이 보기 좋았다.

이 군인 친구들이 투어가 끝날 때까지 기다리겠다는 것을 극구 만류했다. 솔직히 부담도 되고 시간을 맞추려면 제대로 된 관광을 하지 못 할 것 같다고 간곡히 거절했다.

이별을 아쉬워하며 발길을 돌리는 그들의 모습 뒤로 대학을 졸업한 후 직장 생활을 하다가 늦은 나이에 한미연합사에서 군 생활하는 아들 녀석의 얼굴이 아른거렸다.

티레는 고대 페니키아의 가장 큰 항구 도시였다. 전설적인 페니키아 왕의 딸이며 유럽을 탄생시킨 에우로파와 카르타고(그리스어로는 칼케돈)를 건국한 엘리사(디도)의 출생지이기도 하다. 《성경》에서는 인신 공양의 바알 신을 모시는 타락과 오만의 도시로 분류됐으며 예수와 사도 바울이 전도하러 다녀간 유서 깊은 도시다.

티레 유적지는 1979년 유네스코 문화유산에 등재된 로마 시대의 전차 경기장(히포드롬)과 하드리아누스의 문이 있는 지역, 이곳에서 2km 정도 떨어진 지중해 해안 지역으로 구분할 수 있다.

티레는 알렉산더대왕이 침략했을 때 두로로 도망가 7개월 동안 항거했다. 기원전 333년 알렉산더대왕은 두로를 공격하기 위해 바닷속에 약 800m의 제방을 쌓아 침공했고 시민 약 6,000명은 죽임을 당하고 말았다. 그 제방으로 인해 오랜 세월 동안 토사가 쌓였고 그래서 현재는 팔레스타인 본토와 섬이 연결돼 반도로 바뀌었다. 섬의 모든 것은 파괴돼 지금 우리가 관광하는 것은 대부분 로마 시대의 유적들이다.

이스마일을 쉬라 하고 나 혼자 걸어서 30분 정도 걸리는 구시가지로 향했다. 입구에 'Tyre Al-Bass Heritage Site'란 안내판이 덩그러니 외롭게 반겨줬다. 길옆으로 부서진 중세의 성벽 잔재를 보면서 걷다 보면 잘 닦여진 로마식 도로 끄트머리에 하드리아누스의 개선문이 있다.

도로 좌우로는 로마 시대의 특징을 나타내는 '죽은 자의 도시'가 있다. 장례 시설과 평민들의 공동 무덤에서 지금의 봉안당과 같이 층과 칸을 나눠놓은 흔적을 볼 수 있었다. 정교하게 조각된 로마 귀족들의 석관들도 무질서하게 있었다. 석관들을 살펴보니 큰 것과 작은 것, 조각이 있는 것과 없는 것, 조각이 정교한 것과 대충 판

석관이 무질서하게 흩어져 있는 죽은 자의 도시 공동묘지

말과 전차는 개선문으로, 사람들은 쪽문을 이용했다는 하드리아누스의 문

것 등 각양각색이다. 권력의 유무, 자산의 유무 등 신분 차이로 차별하는 것은 그때나 지금이나 똑같다는 생각이 들어 씁쓸했다.

우리나라 독립문 정도의 크기에 외형이 비슷한 하드리아누스의 개선문은 131년에 지어졌지만, 원형 그대로 잘 보존돼 있다. 문이 3개로 돼 있어 '쓰리 게이트'라고도 한다. 제우스 신전을 완성한 하드리아누스의 공을 기리기 위해 세운 것으로 전해지는데, 문 사이로는 제우스 신전과 함께 아크로폴리스의 모습을 볼 수 있다.

도로 바닥은 전차 무게로 다져진 대리석 블록이 보기에도 단단한 몸매를 유지하고 있었다. 로마 도로에서 살짝 샛길로 벗어나면 앞이 뻥 뚫린 개활지가 나타난다. 이곳이 2세기에 건설된 전차 경주를 하던 히포드롬이다. 오벨리스크와 헤라클레스 조각상으로 장식된 스피나(중앙 구분대)를 볼 수 있다.

경기장은 길이 500m, 너비 160m 규모로 2만 명 정도를 수용할 수 있었다. 아직도 관중석 일부가 남아 있어 현존하는 최대 전차경기장이라는 사실을 실감케 한다. 경기장을 한 바퀴 돌고 나니 다리가 후들거려 나보다 나이가 2,000살이나 더 많은 돌무더기에 무례하게 걸터앉았다. 멀지 않은 곳에서 레바논 청년이 나와 똑같은 자세로 걸터앉아 물담배를 빨다가 어디선가 들리는 아잔 소리에 놀라 갑자기 신발을 벗고 메카를 향해서 절을 한다.

히포드롬에서 도보로 15분 거리의 해안가 유적지로 가려면 티레의 구시가지를 질러가야 한다. 구글맵을 켜고 길거리로 나섰다. 그

히드포롬. 세계에서 제일 큰 전차경기장으로
멀리 보이는 오벨리스크를 돌아와야 한다.

지금은 일부만 남아 있으나
원래의 규모를 짐작할 수 있는
히포드롬 관중석

아잔 소리에 맞춰 예를 갖추는
신실한 이슬람 청년

런데 5층 정도 되는 건물에 노랑 바탕에 초록색 글자가 새겨진 낯선 엠블럼이 백향목이 그려진 레바논 국기와 어깨를 맞대고 펄럭이고 있었다. 혹시 헤즈볼라 깃발이 아닐까 싶어 구글을 통해 확인해보니 맞다. 이곳이 헤즈볼라의 본거지라고 하더니 사실이었다. 순간 뭔지 모를 두려움에 심장이 쪼그라들었다.

'돌아가서 차로 이동할까? 아냐, 별일 없을 테니 그냥 가자.'

짧은 망설임 끝에 골목길로 가려던 생각을 바꿔 대로를 이용하기로 했다. 중앙선이 없는 2차선에서 만나는 사람들에게 눈인사도 하면서 아무렇지 않은 척 괜스레 친한 척을 했다. 혹시 누군가가 골목에서 튀어나오는 돌발 사태에 나름 대비도 했다. 오른손에 짱돌을 숨기고 도로 중앙을 걸으면서 주위를 슬쩍 살피며 걸음을 재촉했다.

동네 구경은 하는 둥 마는 둥 하며 뛰다시피 도착한 유적지에는 사방으로 높고 낮은 로마식 열주들로 풍년이다. 해안으로 시원하게 뻗은 열주 도로 한쪽에는 직사각형의 작은 경기장(극장)이, 반대편에는 공중목욕탕의 잔재들이 남아 있었다. 열주 도로 바닥 이곳저곳을 살펴보니 오랜 시간을 잘 버틴 귀한 모자이크 타일이 깔려 있다. 그 타일 위를 자유롭게 활보해도 그 어떤 제재를 하지 않는 게 이상했다. 비잔틴 시대의 모자이크 타일인데 이렇게 허술하게 관리해도 되는지 걱정스러울 정도였다. 이런저런 잡생각을 하며 조금 전 느꼈던 두려움을 잠시 잊어본다.

로마의 특징을 잘 나타내는 열주 도로에 깔려 있는 비잔틴 시대의 모자이크 타일

열주 도로 끝 해안가에 다다르니 바닷물에 잠겨 있는 돌기둥 유적들이 멀리 보이는 현대식 건물들과 묘한 앙상블을 이루고 있었다. 그러곤 따사롭게 비추는 햇살과 살랑거리는 해풍을 맞으며 열주에 기대어 깜빡 졸다가 놀라서 깼다.

주변을 살펴보니 멀리 돌담 근처 앞마당에 파라솔을 쳐놓은 집이 보였다. 혹시 매점인가? 아니면 아직 잠이 덜 깨서 헛것을 본 건가? 잠도 깰 겸 걸어 가보니 관리인이 사는 가정집인데 유적지 안에 있어 부업으로 매점을 영업하는 중이었다. 마음씨 좋아 보이는 퉁퉁한 이슬람 여인은 2남 2녀의 고만고만한 자식들을 둔 다산 가족의 수장이다.

음료수를 시켜놓고 아이들과 내 특기인 보디랭귀지로 의사소통을 시도했다. 그런데 큰딸이 영어로 먼저 내 가족 조서를 쓸 줄이야…. 똑순이의 통역으로 아이들과 수다를 떨다가 사탕을 주려고 배낭을 뒤지니 축구 하던 아이들에게 다 줘버려서 남은 게 없었다. 결국에 엄마에게 학용품을 사는 데 보태라고 약간의 돈과 하회탈 열쇠고리를 주었는데, 돈은 극구 사양하고 받질 않았다.

한참의 실랑이 끝에 매점에서 파는 과자를 후하게 쳐서 사고 아이들과 헤어질 때 엄마 몰래 과자를 쥐어주었다. 뭔가 조그만 것이라도 아이들에게 선물했다는 것과 아이들의 기뻐하는 표정을 보며 미안한 마음을 좀 덜어낼 수 있었다.

티레 해변이 아름다우니 꼭 보고 가라며 권유하던 큰딸이 아예 지름길을 안내하겠다고 나섰다. 유적지에서 해변으로 가는 샛길까지 안내 겸 배웅 나온 아이들의 살가운 인사 덕분에 조금 전 헤즈볼라 엠블럼을 보고 느꼈던 두려움은 어느새 사라지고 없었다.

푸근한 마음으로 신발은 양손에 든 채 모래사장을 걸었다. 맨발이어서 약간 차갑기는 했지만, 모래의 부드러움을 느낄 수 있었다. 모래사장을 걷다 보니 몇몇 청춘 커플들이 뜨문뜨문 앉아 밀담(?)을 나누는 모습이 눈에 띄었다. 개중에는 과감하게 어깨를 감싸고 밀착한 커플도 있었다. 좋을 때다!

일정을 무사히 끝내고 비둘기바위 위로 지는 석양을 바라보며

배웅 나온 관리인 가족 아이들과 한 컷. 큰딸은 외간남자와 사진 찍으면 안 된다며 사진사 역할을 자청했다.

동행한 이스마일과 레바논 와인으로 우아하게 자축했다. 다양한 종교로 인한 수년간의 내전과 극단주의 이웃 국가와의 무력 충돌로 경제적인 어려움 속에서도 이웃 나라 난민들에 대한 포용 정책으로 사랑을 실천하고 있는 잃어버린 낙원 레바논. 중동의 부러움을 샀던 예술·패션·음악의 중심이라는 명성을 하루빨리 되찾기를 바라는 마음을 담아 기도했다.

하늘에 떠 있는 왕궁,
스리랑카 시기리야 성채

첫 여행지 핀나왈라 코끼리 고아원에서 코끼리를 만나다

"이제 곧 스리랑카 수도 콜롬보에 도착합니다. 의자는 제자리로 해주시고 안전벨트를 착용하세요."

싱가포르 공항을 이륙하자마자 기내식을 먹고 잠깐 졸았는데 벌써 콜롬보 도착을 알리는 방송이 나오고 있었다.

공항에 착륙해 수속을 마치고 청사 밖으로 나오니 갑자기 훅 치고 들어오는 고온 다습한 공기로 순간 당황했다. 분명 12월이 스리랑카 여행의 적기이고 시원하다고 했는데….

호텔에서 보낸 픽업 기사가 1시간 후 도착하는 비행기로 오는 투숙객과 같이 가자고 제안을 해서 선선히 허락하고, 공항 탐방을 나섰다. 국제공항인데도 릭샤(동남아에서 툭툭이라고 부르는 오토바이를 개조한 운송수단) 몇 대가 택시, 봉고, 버스 사이에서 부조화를 이루며 주차돼 있었다. 늘 그렇듯이 공항 한구석에는 여러 나라에서 온 애연가들이 뿜어내는 연기가 글로벌하게 피어오르고, 다른 한편에서는 수학여행을 떠나는 여고생들의 종알거림이 버무려져서 시끌벅적했다.

계획 없이 떠나온 여행이어서 공항 안내 데스크에 들러 추천 코스를 물어봤다. 친절한 여직원이 지도를 펼치더니 가볼 만한 곳을 상세히 설명해줬다.

그중에서 한 장의 사진이 날 사로잡았다. 광활한 밀림 평원 속에 우뚝 솟은 거대한 바위. 5세기에 스리랑카를 지배했던 고대 왕조의 도시 시기리야였다. 이대로 움직여보자!

담불라에 숙소를 정했다. 담불라는 시기리야 고대 도시 관광의 거점이 되는 작은 마을이다. 시기리야로 가는 길의 첫 여정으로 콜롬보에서 40km 떨어진 세계에서 유일한 '핀나왈라 코끼리 고아원'을 방문하기로 마음먹었다. 이곳은 야생에서 다치거나 어미에게서 버려진 새끼 코끼리를 거둬 자생할 수 있게 훈련한 다음 숲으로 돌려보낸다. 지금은 100마리 정도가 함께 지내고 있다.

코끼리들은 매일 정해진 시간에 근처 강으로 목욕을 나온다. 이 시간에 맞춰 경찰과 관리인 여럿이 도로를 통제해 코끼리들이 불편함 없이 강가로 갈 수 있도록 안내하고 있었다.

코끼리는 물을 엄청나게 좋아한다.

엄마만 졸졸 따라다니는 아기 코끼리

대부분 코끼리는 강에서 자율적(?)으로 물놀이를 겸한 목욕을 하는데 나이 먹은 몇 마리는 관리인들이 손수 목욕을 시켜주고 있었다. 이때 관리인의 손도 덜 겸 약간의 비용을 내면 코끼리를 목욕시킬 수 있다고 해서 나도 동참했다.

까칠하게 느껴지는 잔털과 촘촘하게 주름진 피부의 감촉이 아직도 손에 남아 있는 듯하다. 주의할 점은 코끼리에게 먹을 것을 주면 안 된다! 코끼리에게 무언가를 해주고 싶으면 '기부금 상자'에 현금을 넣자.

코끼리와 즐거운 시간을 보내고 담불라 숙소에 도착했다. 피두랑갈라 일출이 유명하다니 보러 가기로 했다. 새벽에 바위로 가기 위해 릭샤를 예약하려는데 선불을 요구해왔다. 해외여행 시 모든 비용 지불은 끝나고 나서 한다는 것이 경험에서 우러나온 내 원칙이다. 릭샤 기사가 호텔 로비까지 쫓아와 내일 오겠다는 것을 매몰차게 거절하고, 호텔 승용차를 이용하기로 맘을 바꿨다.

우르릉 쾅쾅하는 시끄러운 빗소리에 잠을 깨보니 새벽 4시가 조금 넘은 시각이었다. 1시간 뒤에는 그칠까? 걱정하다가 다시 깜빡 잠들었는지 모닝콜 소리에 놀랐다. 랜턴 불빛에 의지해 바위를 오르기 때문에 비 오는 날은 위험하니 가지 않는 게 좋을 것 같다는 조언을 들었다.

위험을 감수하면서까지 갈 필요는 없다고 스스로를 위로하며 내쳐 잤다. 다행히 비는 그쳤지만, 여전히 구름이 잔뜩 인상을 쓰고 있었다. 느지막이 일어나 호텔에서 챙겨주는 아침밥을 든든히 먹은 다음 30분 거리의 시기리야행 호텔 승용차에 몸을 실었다.

왕가의 비극을 간직한 시기리야 성채

시기리야 입구에서 태워다준 기사에게 호텔로 돌아갈 때는 릭샤를 타고 갈 테니 이제 가도 된다고 말했다. 내 기사를 자청한 호텔 주인은 금세 릭샤 기사를 데리고 오더니 가격도 싸게 흥정해놨으니 이것을 타고 호텔로 오면 된다고 했다. 어눌한 영어에 느린 말투가 충청도 어르신의 사투리 같아 더욱 구수하고 친근했다.

정글 사이로 길게 뻗은 논두렁길 같은 비포장 먼지 길을 터덜터덜 걸어 입구에 도착하니 외국인 단체 여행객과 여고생 단체팀 등으로 붐비고 있었다. 안내인이 창구로 가서 '시기리야 박물관 입장권'을 사라고 했다.

시기리야 성채는 5세기경 싱할리 왕조 65대 왕 카사파 1세가 건설했다. 영국 군인이 발견해 1982년 세계문화유산으로 지정됐다. 카사파 1세는 적통인 이복동생(목갈라나)에게 왕위를 계승하려는 부왕(다투세나)에 맞서 반란을 일으켜 부왕을 생매장하는 만행을 저질렀다. 그래서 목갈라나는 살해 위험을 피해 남인도로 망명

했다.

시기리야는 '사자바위'라는 뜻이다. 카사파 1세는 후환이 두려워 드넓은 정글에 자리한 사자 모양의 높은 절벽 위에 궁전을 세웠다. 해발 370m밖에 되지 않지만, 사방이 낭떠러지고 주변에 높은 봉우리가 없어 그야말로 요새 같은 궁전이 탄생했다. '사자 발톱 테라스'를 만들어 사자상의 입을 통해서만 성채에 오르게 하는 등 침략에 대비해 완벽한 방어를 위한 성채를 만들었다.

시기리야 바위를 중심으로 70만㎡ 면적에 성벽과 해자로 겹겹이 장애물을 만들어 시기리야로 오르는 입구까지도 쉽게 접근할 수는 없다. 성채를 빙 돌아가며 만든 해자에 악어를 길렀다는 이야기가 전해진다. 얼마나 두려웠으면 저 높은 바위 위 성채에 살면서도 이렇게까지 만들었을까 하는 생각에 마음이 먹먹했다.

이 난공불락의 성채를 7년 만에 완공했지만, 그로부터 11년 후 동생과의 전쟁에서 패배한 카사파 1세는 바위에서 투신했다. 궁녀 출신의 엄마를 둔 장자 카사파 1세와 왕비가 낳은 적통왕자 목갈라나와의 권력 다툼이 한 가족의 운명을 이렇게 비극적으로 만들었다. 이런 비극이 없었으면 시기리야라는 불가사의한 유적은 없었겠지만….

카사파 1세는 건축과 예술에 조예가 깊었다. 성채로 오르는 절벽 바위에 만든 '거울 벽'은 달걀흰자와 꿀, 석회 등을 이겨 칠했다. 이 회랑 벽에는 압사라 요정의 아름다움에 대한 찬사, 신화 등이 가득

시기리야 외곽 방어를 책임지고 있는 해자

중앙도로에서 바라본 시기리야

중앙도로 끝자락에 있는 바위 정원

새겨져 있다. 해자 위로 설치해놓은 다리를 건너니 깔끔하게 정리된 일직선 도로 앞으로 시기리야가 보인다.

몇 개의 연못으로 이뤄진 '물의 정원'과 왕의 여름 별장도 있다. 중앙도로 양옆으로 물의 정원과 지금은 터만 남아 있는 여름 궁전이 완벽한 대칭을 이뤄 아름답다. 당시 만들었다는 분수 정원은 지금도 물을 뿜으며 존재를 뽐내고 있었다.

중앙도로 끝에 도달하면 '바위 정원'을 만나게 되는데 큰 바위 2개가 엇갈려 동굴 입구 모양을 하고 있다. 유사시에는 큰 바위로 입구를 막아 적들이 성채로 올라오지 못하도록 했다.

해가 구름에 가려져 있지만, 정글에서 간간이 불어오는 습하고 찝찝한 더운 공기에 숨이 막히고 옷은 땀에 젖어 무겁기만 하다. 바위 정원 밑에서 성채를 쳐다보니 거의 직각에 가까운 경사에 만든 계단의 끝이 보이지 않았다. 멀리서 보면 거대한 화강암 덩어리인데 오르다 보면 왜 세계의 8대 불가사의인 줄 알게 된다.

나보다 먼저 이곳을 다녀간 사람들의 여행기를 보면 입장료가 비싸서 시기리야 배경으로 사진만 찍고 왔다는 얘기가 많았다. 은근히 무시했는데 꼭 비싼 입장료 탓만은 아닌 것 같다. 장마철 같은 무더운 날씨에 가파른 계단을 오르려면 체력이 약한 분들은 망설여질 것 같다. 그러나 나중에 힘들어 후회할지라도 높은 곳에 오르기를 좋아하는 난 꼭 들르는 편이다.

가파른 바위벽에 그려진 프레스코 벽화

가파른 계단을 오르고 나면 낭떠러지에 놓인 잔도 끝자락에 검사대가 있다. 입구에서 표 검사를 하고 있었다. 호주머니에서 땀에 절어 찢어지기 일보 직전의 입장권을 보여주니 통과하란다. 이게 무슨 시스템인가. 돈을 받고 가라 해도 망설일 가파른 계단의 외길인데 표 검사라니! 게다가 검표원이 3명이나 된다. 고용 창출인가?

안전을 위해 바위에 고정된 나선형 철제 계단을 오르려고 쳐다보니 한숨부터 나왔다. 어떻게 이런 곳으로 수만 개에 달하는 건축용 대리석과 벽돌을 날랐을지 대단하다는 생각이 들었다. 세계 8대 불가사의 유적이 될 만하다.

모든 이가 가파른 계단을 줄지어 오르느라 지쳐 힘들지만, 140m 높이의 거울 벽에는 〈천상의 여인들〉 또는 〈시기리야의 숙녀들〉로 알려진 프레스코 벽화가 있다. 왕의 시녀들에게 시중을 받는 압사라라는 요정의 모습을 그린 것이다. 벽화에는 압사라를 칭송하는 시구가 구불구불한 낙서 같은 신할리즈어로 새겨져 있었다. 이 시들은 신할리즈어로 쓰인 최초의 문학 작품으로 알려져 있다.

가파른 바위벽에 그려진 아름다운 그림에 감탄하며 잠시 피곤함을 잊었다. 머리와 가슴에 화려한 장신구를 두른 〈천상의 여인들〉은 가느다란 눈, 입가에 엷은 미소를 머금은 채 풍만한 가슴을 드

바위 절벽에 그려진
〈천상의 여인들〉 중 한 명

사자 발톱이 새겨진 왕궁 출입문. 다 올라온 줄 알았는데 더 가파른 계단이 나를 기다리고 있었다. 사자 형상이었다는데 지금은 두 발만 남아 있고, 가운데 계단은 사자의 입 구멍이다.

러내고 있었다. 처음에 압사라는 500명이 넘었지만, 지금은 훼손돼 18명만 남아 있다. 몇몇 그림은 아직도 화려한 색채와 형상이 그대로 보존돼 있어 다시 한 번 대단한 문화유산임을 느낄 수 있었다.

눈으로 보는 동시에 사진을 열심히 찍고 있는데 누가 소리를 버럭 질렀다. 사진 촬영을 할 수 없다는 사실을 알고 있었지만, 지킴이가 보이지 않아 잽싸게 찍다가 딱 걸리고 말았다. 카메라를 뺏기지 않은 게 얼마나 다행인지 모르겠다. 안심의 심호흡과 동시에 몇 년 전 모로코 왕궁 수비대에 카메라를 빼앗겨 왕궁 사진을 모조리 삭세낭했넌 가슴 아팠던 기억에 움찔했다.

직벽의 계단을 오르고 나서 잠시 숨을 고르며 걸으니 '사자 발톱'이 나타났다. 그런데 이곳이 끝이 아니라 눈앞에 보이는 가파른 계단을 20~30분 더 올라야 성채에 도달하는 시작점이다.

'아이고! 사람 잡네.' 넋 놓고 쉬면서 물을 찾았지만, 빈 통이다. 두리번거리다가 한 귀퉁이에 있는 기념품 가게를 발견하고 뛰다시피 가서 시원한 물을 찾았다. 주인아주머니는 시원한 물은 없고 미지근한 물이 건강에 더 좋다며 배짱 장사를 한다. 그래도 탈수증에 걸리지 않으려면 사서 마셔야지 어쩌겠는가.

당시 화려하고 웅장했을 사자의 형상은 세월을 이기지 못해 발톱 3개가 달린 다리 2개만 초라하게 남았다. 카사파 1세는 사자 형상을 만들어 불만과 불신이 있는 백성에게 왕으로서 위엄과 권위를 휘두르려 했다는데 과연 백성들로부터 원하는 것을 얻었을까

왕좌 위로 난 홈에 물을 흘려보내
에어컨을 대신했다는 돌의자

바닥에 깔린 흰 대리석은 출처 불명이다.
저 많은 대리석과 벽돌을 어떻게 이곳까지 운반했을까?

시기리야 성채 정상에
오르는 계단

수영장으로 내려가는 계단은 화강암을 쪼아서 만들었고,
주위의 벽돌담은 굉장히 정교하다.

궁금하다. 결국 사자도 백성들의 힘을 빌려 만든 게 아닌가.

하늘에서는 곧 비라도 내릴 듯 구름이 잔뜩 끼었다. 저기압 탓에 공기는 무겁고 바람은 한 점 없다. 하늘을 이고 경사 60도가 넘는 계단을 오르면서 몇 번을 쉬었는지 모르겠다.

정글에 높이 솟은 바위 꼭대기 넓이는 약 2만㎡ 정도 된다. 평평한 마당을 계단식으로 구분해놓았고 왕궁, 정원, 연회장, 테라스 터에는 정교하게 쌓은 벽돌담만 남았다.

수영장(저수지)은 길이 90m에 폭 68m, 깊이 7m로 화강암을 파서 물의 누수가 없도록 고안했다. 수영장이 내려다보이는 곳에 마련된 왕의 돌의자는 세공을 잘해 반질거렸다. 더욱 놀라운 것은 코끼리를 이용한 승강기가 있었다는 사실이다. 물은 수압을 이용해 바위 아래에서 이 높은 곳까지 공급했다.

동양의 마추픽추라고 불리는 시기리야. 아픈 가족사의 역사 위에 수많은 백성의 피땀, 주검들로 건축된 이 유적이 지금 어렵게 사는 스리랑카인에게 최고 수익원의 관광 자원이라니 '역사의 아이러니'가 아닐까.

한국에서 왔다고 하자 콜롬보에서 수학여행을 온 여학생들과 인솔 교사가 케이팝과 K-드라마, 자기 나라의 첫인상 등을 내게 물어왔다. 뭐가 그리 궁금한 게 많은지 조잘조잘 묻는데 짧은 영어로 대답하기가 쉽지 않았다. 교사가 나의 고단함을 눈치챘는지 여학생들에게 다른 곳을 구경하라고 해줘 고마웠다. 이분은 스코틀랜

하굣길에 만난 아이들

장난꾸러기 트리오

드 출신의 영어 교과를 담당하는 교사였다. 남편은 주스리랑카 영국대사관에 근무하고 있단다. 교사에게 여학생들 몰래 남편 것을 포함해서 열쇠고리 2개를 선물했더니 무척 좋아했다.

시기리야 구경을 끝내고 내려오니 점심시간을 한참 넘긴 3시가 다 되었지만, 더위에 지쳐 물을 너무 많이 마셔서인지 배꼽시계가 조용했다. 가까운 식당에서 시원한 콜라에 오믈렛으로 간단히 요기하고, 멀지 않은 곳에 있다는 초등학교로 가기 위해 길을 나섰다. 학교에 도착했을 무렵 수업이 끝난 아이들이 한꺼번에 쏟아져 나왔다. 교무실 안내를 부탁했더니 떼거리로 나를 밀며 어디론가 데려갔다. 한 교사에게 아이들과 이야기도 나누고 사진도 찍고 싶다고 말했더니 흔쾌히 허락해줬다. 아이들이 껌딱지처럼 붙어 다니는 통에 1,000원의 행복 선물을 아이들 몰래 교사에게만 주느라 진땀을 흘렸다.

190년에 달하는 영국의 식민 지배를 받은 탓에 영어가 기본 언어여서 아이들과 소통하는 데는 문제가 없었다. 카메라 렌즈와 눈만 마주치면 온갖 짓궂은 표정을 연출해주고, 찍힌 사진을 액정 모니터로 보여주면 또 찍으라고 재미있는 포즈를 취해주는 등 유쾌한 아이들이다. 이런 꼬마 요정과 즐거웠던 시간을 지금도 스리랑카 여행에서 가장 아름다웠던 추억으로 기억하고 있다.

사막에 감춰진 신비의 도시
요르단 페트라

세계 7대 불가사의로 가는 길

페트라는 요르단의 수도 암만에서 남쪽으로 230km 떨어져 있다. 페트라행 버스에 몸을 싣고 4시간을 달려오늘 묵을 와디 무사에 도착하니 벌써 어둠이 깔리고 있다.

버스 정류장 근처에 있는 식당으로 직행해 베두인의 주식인 화덕에서 굽는 빵인 쉬라크와 구운 양고기에 시원한 맥주를 곁들여 늦은 저녁을 먹었다. 덕분에 모래 먼지로 깔깔했던 목이 시원해지면서 정신이 번쩍 들었다. 와디 무사는 '모세의 샘' 외에는 볼 것이 없는 작은 마을이지만 전 세계에서 페트라를 찾아오는 방문객들로 연중 북적거린다.

그리스어로 '바위'를 뜻하는 페트라는 기원전 6세기 나바테아인이 사막에 건설한 대상(隊商) 도시다. 이집트와 아라비아, 시리아-페니키아 사이의 중요 교차점이어서 카라반 교역의 중심지로 번영을 누렸지만 363년과 556년 대지진으로 1,000년간 사라진 도시가 됐다.

페트라는 오랜 세월 동안 고고학자들 사이에서 묘지로 간주됐다. 600개 이상의 묘비 때문인데 이는 단순히 묘지가 아니라 인구 2만 5,000명 정도가 살았던 도시였다는 사실을 밝히기까지 많은 시간이 걸렸다.

1812년 영국계 스위스 탐험가인 부르크하르트가 발견했고 이후 그의 여행기를 통해 페트라가 유럽에 알려졌다. 현재 도시의 80%는 모래에 묻혀 있는 것으로 추정한다. 페트라의 건물들은 바위산을 반쯤 깎아서 만들었고, 좁은 통로와 수많은 협곡이 있는 산으로 둘러싸여 있다. 1985년 유네스코 세계문화유산으로 지정됐고 세계 7대 불가사의 유적으로 주목받고 있다.

'꼬끼오' 하는 닭의 우렁찬 울음소리에 선잠에서 깨고도 미련이 남아 침대에서 뒹굴뒹굴하는데 이번에는 아잔 소리가 귀청을 두드린다. 이슬람 국가 어디서나 들을 수 있는, 하루에 5번은 꼭 들어야 하는 아잔 소리다. 새벽 5시에 울리는 첫 아잔이 늘 새벽잠을 깨우는 게 싫다.

오늘은 하루 안에 페트라 전체를 돌아보는 일정이다. 엊저녁 호텔에 체크인할 때 부탁한 아침 도시락을 챙겨 새벽 별을 보며 호텔

시크 입구로 가기 전에 만난 2층 무덤은 위아래층의 형태가 달랐다. 앞에 보이는 자갈길은 평탄해 마차가 속도를 내는데 전혀 문제가 되지 않지만, 풀풀거리는 먼지를 감수하고 걸어야 한다.

시크 입구. 사암 절벽 사이로 1.5km를 걸어야 페트라 대표 건물인 알 카즈네에 도착한다.

을 나섰다. 방문자센터까지는 걸어서 5분 정도면 닿을 수 있다. 대로인데도 가로등이 희미해 수시로 사방을 살피며 조심스럽게 걸어야 한다. 갑작스레 강아지 한 마리가 꼬리를 치며 아는 척을 한다.

세계 어느 곳을 가나 처음으로 나를 아는 척하는 건 강아지들이다. 어슴푸레한 길을 걷는데 옆에서 졸랑거리며 따라오는 강아지가 있으니 한결 마음이 편안했다.

방문자센터에 들어섰는데도 강아지가 눈치 없이 따라 들어와 살살 꼬리를 흔들었다. 어쩔 수 없이 배낭에서 과자를 꺼내 몇 조각 던져주며 강아지를 쫓아 보냈다. 일정이 빡빡해 시크(협곡)를 향해 빠르게 발걸음을 옮겼다.

시크 입구에 서 있던 몰이꾼들이 갑자기 달려들어 내 티켓을 보더니 말이나 마차 탑승이 포함됐으니 알 카즈네에 도착해서 팁만 주면 된다고 자기네 말을 타라는 둥 마차를 타라는 둥 호객하느라 아우성이다.

방문자센터에서 시크 초입까지는 왕복 2차선의 넓은 비포장도로다. 말과 마차들이 경쟁적으로 달리면서 일으키는 먼지로 숨쉬기가 힘든 데다 어둠과 더불어 시야를 확보하기도 힘들다. 잠시 후 해가 뜨니까 조금 전까지 보이지 않던 정사각형 돌기둥, 독특한 모양의 오벨리스크 등 도로 옆으로 고대 유적들이 나를 반겼다. 페트라부터 보고 돌아올 때 자세히 살필 요량으로 사진만 찍고 다시 발걸음을 재촉했다.

장밋빛 붉은 도시
알 카즈네

시크 입구는 요나를 삼킨 고래 입처럼 생겼다.(요나는 이스라엘의 선지자로 폭풍을 가라앉히기 위해 바다에 던져졌고, 고래가 그를 삼켰다. 그러나 회개의 기도를 하자 고래가 다시 그를 토해냈다.) 떠오르는 햇살을 받아 불에 타는 듯한 붉은색을 띠어 이 협곡으로 들어가면 타서 산화될 것 같은 매우 강렬한 느낌을 주기도 한다. 폭은 약 3m에 평균 높이는 90~100m로 위를 쳐다보면 곧 무너질 듯한 사암 덩이 사이로 새파란 하늘이 보였다.

어떤 곳은 아예 하늘이 보이지 않을 정도로 덮여 있기도 했다. 이 길을 따라 1.5km 정도를 걸으면 페트라의 주인공인 알 카즈네(카즈네는 베두인어로 '보물 창고'라는 뜻)에 도착할 수 있다.

3월인데도 해가 뜨니 더워서 껴입었던 패딩을 벗었다. 아침식사를 대신해서 과자를 우물거리며 걷는데 갑자기 무장한 군인들이 앞을 가로막으며 인사를 했다. 나바테아인 군인 복장을 하고 관광객들과 사진을 찍으며 모델료를 챙기는 가짜 병사들이다.

'내가 해외여행 짬밥이 얼마인데 그런 허술한 복장으론 어림없지.'

사진 촬영을 거절하자 이번에는 시크 벽에 새겨진 개선문, 돌을 깎아 만든 비석, 수로와 댐을 설명하며 가이드 노릇을 한다. 노력이 가상해 약간의 팁과 열쇠고리를 주었더니 지켜보던 다른 병사가 자기도 달라고 했다. 내 호위병이 되면 주겠다고 했더니 창을 쳐들며 흔쾌히 그러겠다고 한다.

저 앞쪽에 관광객들이 몰려 웅성거리며 모두가 고개를 높이 쳐들고 감탄사를 연발하며 사진 촬영에 여념이 없다. 드디어 비좁은 시크가 끝나고, 페트라로 들어서는 입구의 사암 벽 사이로 알 카즈네가 모습을 드러냈다. 알 카즈네가 햇살을 받으며 장밋빛 붉은 도시의 대표 선수가 자기임을 강하게 어필하고 있다.

알 카즈네는 내가 기대했던 것 이상으로 웅장하고 정교했다. 현대의 정밀한 측량 기구나 절삭기 없이 이렇게 큰 바위를 깎아서 조

스티븐 스필버그의 영화 〈인디아나 존스-최후의 성전〉(1989)으로 유명해진 알 카즈네. 거대한 돌산을 통째로 조각해 만든 나바테아인의 작품이다.

각했다는 사실을 어떻게 설명할 수 있을까?

페루의 마추픽추, 캄보디아의 앙코르와트, 이집트의 피라미드 등이 돌로 벽돌을 만들어 쌓은 건축물이라면 이곳은 건축가와 조각가가 협업한 거대한 조각품이라고 해야 할 것 같다. 좌우 대칭과 균형을 맞추는 기술이 사막을 오가며 장사하던 나바테아인 손끝에서 나온 것이라고는 상상이 되지를 않았다.

알 카즈네 앞뜰은 관광객과 그들을 태우려는 낙타, 나귀 몰이꾼들의 호객 행위로 시장통을 방불케 했다. 그런데 시크에서 나를 제치고 간 사람들이 몇 안 되는데 왜 이리 관광객이 많을까?

이분들은 부르주아 관광객들로 페트라 지역 안에 있는 고급 호텔에서 늦잠을 자고 느긋하게 이곳으로 왔단다. 누구는 꼭두새벽에 일어나 미친 듯이 달려왔는데, 얼마 되지 않은 거리의 호텔에서 이곳까지 낙타를 타고 왔다니 솔직히 부러웠다.

알 카즈네에서 페트라 메인 트레일을 따라가는 와디 파라사 트레일이 오늘의 목적지다. 큰 바위에 구멍이 숭숭 뚫린 무덤군(群)이 있고, 그 앞으로 높은 산과 페트라 시가지를 배경으로 한 원형 극장이 있다. 페트라를 전체적으로 보려면 산꼭대기 제단으로 올라야 하는데 급상승한 온도와 가파른 경사, 정상까지의 높이가 걷기에는 힘이 부칠 것 같았다. 나처럼 고민하는 관광객들에게 나귀 몰이꾼들이 달라붙어 호객 행위를 하는 것이다.

오후에는 알 데이르를 올라야 하니 체력을 안배하는 차원에서 나귀 리무진을 타기로 했다. 눈썰미 좋은 몰이꾼이 귀신같이 알아채고 내 귓가에 파격적인 가격을 속삭이고 있다. 나를 태울 리무진이 생각보다 소형이라 과연 내 몸무게를 견딜 수 있을까 싶다. 내 걱정을 눈치챘는지 앞서 올라가는 덩치 큰 서양 아저씨를 가리키며 문제없으니 얼른 타라고 외친다.

오르는 길은 계단도 많고 가팔라서 나귀를 탄 것은 좋은 선택이었지만 굽은 길을 돌아 오를 때마다 제법 깊어 보이는 낭떠러지가 보여 오금이 저리곤 했다. 몰이꾼은 내가 겁먹은 것을 알았는지 나귀를 타고 저 밑으로 떨어진 사람은 없다며 안심시켜줬다.

그러나 나귀를 타고 오르다가 반대편에서 누군가가 올 때마다 자연스럽게 길가로 비켜줘야 했다. 자연스레 낭떠러지가 보이니 그때마다 심장이 쫄깃해졌다. 주변 경치 감상은 고사하고 오로지 낭떠러지만 신경 썼더니 머리가 지끈거렸다. 나만 그런 게 아니라 나귀에서 내려 할딱거리며 걸어서 계단을 오르는 관광객을 여럿 볼 수 있었다.

나귀도 쉴 겸 그늘에 앉아 계곡을 둘러봤다. 꽤 높은 곳인가 보다. 결국에 나도 나귀 몰이꾼으로 신분이 떨어져 얼마 남지 않은 정상을 향해 걸어서 오르는데, 아찔한 길옆으로 돌탑이 여러 개 쌓여 있었다. 쓰러지지 않게 아주 작은 돌을 소심하게 얹으며 남은 일정의 무사함을 빌었다.

몇 걸음을 더 가니 'Tea Coffee Water'라고 쓰인 입간판 뒤로 엉

페트라에서 운송수단으로 삼는 나귀

와디 파라사 트레일을 따라 산꼭대기 제단으로 오르는 길을 만만히 보았다가는 낭패를 볼 수 있다.

성하게 만든 지붕 아래 플라스틱 탁자와 의자를 갖춘 움막 카페가 있었다. 양반다리를 하고 카펫에 앉아 있는 나이 지긋한 주인장이 저기가 정상이니 쉬어가라며 말을 건넸다. 아침을 안 먹은 터라 커피를 주문하고, 호텔에서 싸준 도시락을 꺼내 카페 주인장과 몰이꾼과 나눠 먹었다. 두 사람에게 산 아래 가게에서 샀던 미지근한 콜라를 주었더니 입이 귀에 걸릴 정도로 좋아했다.

군불을 지펴 갓 끓여낸 진한 에스프레소는 나쁘지 않았지만, 물갈이를 할까 봐 은근히 걱정됐다. 도시락을 먹는 동안 카페 주인장이 주위에 있는 희생의 제단, 오벨리스크, 사자비를 유창한 영어로 설명해주었다. 영어 실력도 부러웠지만, 조상에 대한 존경심과 자부심이 더욱 부러웠다.

주인장이 알려준 계단을 오르니 둥그런 제단이 보였다. 중앙에 파인 홈으로 제물인 양의 피가 모이도록 설계돼 있다. 뒤쪽으로 작은 오벨리스크 2개와 계곡 사이로 암벽에 조각한 부조물들이 군데군데 보였다. 모래바람으로 시야가 온통 뿌연데 산봉우리와 그 사이로 형성된 건천(와디)이 황량함을 더하고 있었다. 척박한 황무지에 어떻게 3만 명이 사는 도시를 세웠는지 유적지의 잔해들을 보면서도 쉽게 믿기지 않았다.

이곳은 연평균 강수량이 10mm 내외로 물이 턱없이 부족한 사막이다. 와디 무사의 여러 오아시스에서 저수조에 물을 모아 페트라 거주민들의 부엌까지 물을 공급했다니 더더욱 놀랄 일이 아닌가.

전망대보다 더 좋은 위치에 있는 움막 카페는 겉모양과 달리 커피 맛이 제법 괜찮았다.

페트라의 열주 거리 남쪽에 있는 대사원

사자비는 몸매나 다리를 봐서는 사자일 것 같은데 머리 부분이 많이 훼손돼 있었다. 몰이꾼은 관광객이 없을 때 사진을 먼저 찍으라고 성화를 했다. 그는 이 사자비에서 물이 뿜어져 나와 순례자들의 갈증을 해소해줬다고 마치 직접 본 것처럼 자랑을 늘어놓았다.

가파른 계단으로 보이는 내리막길을 보니 나귀에 몸을 실을 엄두가 나지를 않아 걸어가겠다고 항복 선언을 했다. 합의한 나귀 리무진 왕복 렌트비와 열쇠고리는 잊지 않고 챙겨주었다. 좋아하는 몰이꾼을 뒤로하고 계단을 내려오는데 이제 머리 바로 위에서 비치는 햇살 때문에 살갗이 따가웠다.

연신 물을 들이켜며 깊은 계곡을 조심스레 내려오다 보니, 나귀를 탄 강심장을 가진 사람들이 의외로 눈에 많이 띄었다. 하산길 좌우에 신전인지 무덤인지 구분하기 어려운 유적지도 잊지 않고 사진으로 남겼다. 현지인 둘과 도시락을 나눠 먹어서 그런지 배가 꼬르륵거려 발걸음을 재촉했다.

그리스 로마 시대의 모습을 그대로 품은 도시

마을에 도착하자마자 가장 가까운 식당부터 찾아서 들어갔다. 시원한 맥주로 목을 축이고 식사 주문을 했는데 누군가가 어깨를 툭 쳤다. 잠깐 사이에 식탁에 엎드려 잠든 나를 식당 종업원이 깨운 것이다. 어이없다는 표정으로 음식을 탁자에 놓고 가버렸다. 누가 나를 눈여겨보지는 않겠지만 창피했다.

짧은 잠과 식사로 충천하고 나니 엔도르핀이 팡팡 솟아나는 것 같았다. 가파른 경사의 와디 알 데이르 트레일을 따라 등성이를 걸어서 올랐다. 수도원으로 추정하는 알 데이르로 가는 길은 오전의 와디 파라사 트레일보다 짧아서 대부분은 노새를 타기보다는 걸어서 오르는 편이다.

평평한 자갈길이 끝나면서 시작되는 사암 계곡은 오랜 세월 비바람의 풍화로 만들어져 시선을 사로잡았다. 화려한 색의 물결무늬 암벽은 유명 화가가 그린 그림처럼 아름다웠다.

헉헉거리며 고개를 오르니 광장 건너편에 거의 훼손되지 않은 알 데이르가 있었다. 입구에 있던 알 카즈네보다는 작고 단순하지만 정교하게 조각한 것 같다. 영화 〈트랜스포머〉에 소개돼 페트라를 찾는 관광객이라면 꼭 들르는 곳이다.

뙤약볕에 쉬지 않고 올랐더니 체력에 한계가 온 듯했다. 발에 경련이 와서 길 건너편 동굴 카페에서 생수 한 병을 단숨에 들이켜고 깔아놓은 카펫 위에 대자로 누웠다. 왠지 점점 체력이 떨어지는 것 같아 은근히 걱정됐다. 누가 대신 구경하고 설명해줄 것도 아닌데 말이다.

잠시 쉬었다가 툭툭 털고 일어나서 알 데이르 내부를 보러 무거운 발걸음을 옮겼다. 이 사원 역시 겉의 화려함과는 달리 내부는 단순하다. 닫혀 있는 큰 창과 창틀 모양의 조각, 아랍어가 전부다.

내부 벽에 비잔틴 시대의 십자가가 그려져 있는 것으로 보아 수도원으로 사용했을 가능성이 큰 알 데이르

파라오 공주의 궁전. 부왕 파라오한테 밉보였나 보다. 멀리도 쫓겨와 살았다.

파라오 공주의 궁전이라는 '카사르 알 빈트'에서 내려다본 페트라는 잔해밖에 없지만, 일부 남아 있는 그리스 로마식 열주만 봐도 도시의 규모를 짐작할 수 있다. 열주 도로를 걷다 보면 마치 그리스나 로마의 오래된 유적지에 온 듯한 착각을 일으킬 정도로 비슷하다. 교회로 추정되는 건물 바닥에는 비잔틴식 타일이 깔려 있다. 이렇게 로마의 지배를 받았던 흔적을 곳곳에서 볼 수 있다.

주목할 만한 유적지로는 '님파에움'이 있다. 그리스 로마 시대 건축 양식의 특징을 나타내는 공중 식수대 겸 분수다. 지금은 돌무더기만 남아 있어 볼품없지만, 당시에는 도시인들의 만남의 장소이자 물 저장소 역할을 했다. 시크 밖에서 끌어들인 물을 님파에움 뒤쪽으로 설치한 도기 파이프를 통해 주민들에게 물을 공급했다고 한다.

님파에움은 낮은 언덕에 있다. 한쪽으로는 열주 거리와 그 주위에 세워진 그리스 로마식 건물들의 잔해들이 보인다. 다른 한쪽으로는 큰 돌산에 조각하고 파내어 만든 미완성인 궁전 무덤, 코린트 무덤, 항아리 무덤, 왕가의 무덤 등이 각 시대의 특징을 나타내며 나란히 어깨동무하고 있다.

가까이 가면 갈수록 멀리서 봤던 것과는 다르게 무덤 양식도 차이가 나지만, 사암의 성분에 따라 무덤 색도 달랐다. 유일하게 입장을 허용하는 궁전 무덤 내부를 보려고 계단을 올랐다. 자그마한 방 하나를 볼 수 있는데 1,000년 동안 베두인족 외에 그 어떤 외국인에게도 페트라 출입을 허용하지 않았다고 한다. 그 옛날 시체와 함께 묻은 부장품들에 관해 이슬람 도굴꾼들에게 완벽한 독점권을 준 게 아닐까 싶다.

로마 원형 극장은 큰 바위를 사선으로 깎은 다음 계단 형태로 관중석을 만들었다. 심지어 무대까지도 바위로 조각했다. 무대 앞쪽의 넓고 편하게 만든 최고위층 좌석을 포함해 33단의 계단으로 만든 관중석은 3,000명 정도를 동시에 수용할 수 있었다. 이곳은 회의장과 공연장, 종교 의식을 치를 때 사용했다고 한다.

무대에 설치한 화강암은 이집트에서 운반해 왔다는데 어떤 방법으로 옮겨왔는지 문자로 기록된 게 없다. 유럽, 중동, 아프리카 등 로마 지배하에 있었던 장소에 있는 로마식 원형 극장 중 유일하게 바위를 깎아 만든 것이다.

석양에 곱게 물든 페트라와 정겨운 사람들

몇몇 외국인들이 가이드의 인솔 아래 알 카즈네 건너편 계곡 사이로 난 좁은 길로 오르는 게 보였다. 높은 곳을 오르는 데 일가견이 있는 내가 그냥 지나칠 수는 없었다. 근처 낙타 몰이꾼에게 물었더니 20분 정도만 걸으면 알 카즈네를 맞은편에서 볼 수 있다고 했다.

상단을 코린트식 구조물 3개로 꾸민 '코린트 무덤'

전면을 3단으로 조각한 '궁전 무덤'은 유일하게 입장을 허용하는 곳이다.

로마 원형 극장. 33단의 계단으로 만든 관중석은 3,000명 정도를 동시에 수용할 수 있었다.

큰 돌산에 조각하고 파내어 만든 미완성인 궁전 무덤, 코린트 무덤, 항아리 무덤, 왕가의 무덤 등이 각 시대의 특징을 나타내며 나란히 어깨동무하고 있다.

알 카즈네를 위에서 내려다볼 수 있는 완벽한 장소라는 새로운 정보에 환호하면서 갑작스레 없던 힘까지 생겨 계단과 돌길을 날 듯이 올라갔다. 넓지 않은 곳에 여러 명이 모여 사진을 찍는 모습이 보였다. 근처에는 몇몇 돗자리 장수가 사암으로 만든 기념품과 두건, 음료수를 팔고 있었다. 아이를 안고 있는 아주머니에게 생수를 사서 앞의 그룹이 빠질 때를 기다렸다.

석양이 비치는 알 카즈네는 온화함으로 몸치장을 하고 있었다. 알 카즈네의 이 모습이 가장 멋진 모습이 아닐까 싶다. 오늘 내가 한 결정 중에 가장 잘한 것 같다.

오후 늦은 시간이 되니 알 카즈네 앞뜰에 있던 몰이꾼과 관광객이 빠져 한가해졌다. 어디선가 구슬픈 멜로디에 끌려 발걸음을 옮겨보니 웬 노인이 손자를 데리고 아쟁 같은 악기를 타고 있었다. 처음 듣는 선율이지만 익숙한 슬픈 가락이다. 팁을 넣는 통은 보이지 않았다. 아이 앞에 지폐 몇 장이 있어 잠시 망설이다가 아이를 불러 약간의 팁과 열쇠고리를 주고 돌아섰다.

아침나절에 많은 인파 때문에 보지 못했던 알 카즈네 내부를 들여다봤다. 익히 알고는 있었지만 아무런 장식이 없는 사각형 방이 3개뿐이라 적지 않게 실망했다. 곧바로 나와 전면을 찬찬히 뜯어보니 볼수록 완벽하고 견고하게 지어졌다.

건물 꼭대기에 항아리 모양의 단지가 조각돼 있는데 이곳에 셀 수 없이 많은 보물이 숨겨져 있을 거라는 전설에서 파라오의 보물 창고로 불리게 됐다. 그래서인지 단지에 총질해 도굴하려 한 흔적이 있었다. 알 카즈네를 어떤 목적으로 지었는지 학자마다 의견이 다르지만 2003년 지하에서 무덤이 발견되면서 장례 사원이라는 주장에 힘이 실리고 있다.

서둘러 다녔던 터라 약간의 여유가 생겨 알 카즈네 앞뜰에 앉아 맥주를 마셨다. 지는 노을을 멍하니 바라보는데 누가 내 손을 털로 쓱 문지르는 게 아닌가. 화들짝 놀라서 보니 고양이가 몸을 비비며 애교를 떤다. 고양이들은 식성이 까다로워서 줄 게 없어 고민하다 과자 부스러기를 주었더니 반응이 영 시큰둥하다. 오히려 닭지 않

길이가 88m에 달하는 이 터널은 홍수로부터 시크를 통행하는 사람들을 보호하는 용도로 지었다. 물길을 외곽으로 돌린 이 터널을 이용해 님파에움으로 물을 공급했다고 한다.

가짜 나바테아인 병사. 2인 1조로 시크와 알 카즈네에서 사진을 찍고 모델료를 받는데, 오전과 오후로 장소를 바꾼다니 나름 공평한 것 같다.

은 손에서 비릿한 냄새가 나는지 자꾸 내 손을 핥아댔다.

고양이와 놀이 삼매경에 빠져 있는데 이번에는 산적 같은 덩치들이 반갑게 아는 척을 해왔다. 눈이 휘둥그레져 봤더니 아침에 나를 지켜준다고 농담을 나눈 병사들이다. 일과를 마치고 와디 무사로 돌아가니 그곳까지 날 호위하겠다며 창을 들어 보였다.

아침에 서둘러 오느라 시크를 제대로 구경하지 못했다. 천천히 걸어가며 자세히 유적을 보고 사진도 찍어야 하니 병사들에게 먼저 가라고 해도 가이드를 해주겠다며 앞장섰다.

해맑게 웃으며 하는 제안이라 거절하기도 뭐하고 심심하던 차에 그러자며 함께 걸었다. 병사들은 어디를 다녀왔냐, 점심은 어디서 먹었냐, 본 소감이 어떠냐 등 질문을 교대로 해대며 오래 친구를 만난 것처럼 신이 났다. 이런저런 대화를 주고받다 보니 어느새 관광안내센터가 앞에 보였다. 아쉬워하는 이들에게 악수를 청하며 팁으로 감사 인사를 전했다.

태양의 신전을 품은
페루 마추픽추

잉카의 생활 유적지 피사크를 거쳐 마추픽추의 관문으로

잉카 제국의 수도이자 세계의 배꼽이라는 쿠스코에서 고산병을 단단히 앓았다. 그 후유증으로 예상보다 하루 늦게 마추픽추로 떠났다. 마추픽추는 여러 방법으로 갈 수 있다. 난 올란타이탐보까지는 버스로, 그곳에서 마추픽추 관문인 아과스칼리엔테스는 기차로 갈 계획이다.

쿠스코에서 올란타이탐보까지는 60km 정도로 버스를 이용하면 1시간 30분쯤 걸린다. 쿠스코 근처의 유적지와 '작은 마추픽추'라는 피사크에서 잉카 문명을 잠깐 체험하고, 마추픽추로 갈 것이다. '성스러운 계곡'에는 인디오가 모여 사는 작은 촌락들이 여러 개 있다. 옛 잉카인의 실생활을 살펴볼 수 있는 피사크 유적지가 있어 쿠스코를 찾는 관광객들이 꼭 들르는 곳이다.

쿠스코 도심을 빠져나오니 6,000m가 넘는 봉우리들이 흰 고깔 모자를 쓴 것처럼 만년설을 머리에 이고 있다. 포장이 잘된 도로는 의외로 꼬불꼬불해 마주 오는 차와 깜짝 놀랄 장면을 종종 연출하기도 했다. 올란타이탐보행 버스가 급정차하더니 기사가 남자들 몇 명만 내려서 자기를 도와달란다.

산사태로 제법 큰 돌이 도로 한쪽을 막고 있었다. 이 돌을 치워야 버스 같은 대형차들이 통행할 수 있다. 건실한 청년 몇이 힘을 써서 큰 바위를 중앙선 너머로 치웠더니 도로 한쪽은 통행이 가능했다. 도로 상황을 뒤에서 지켜보던 차 몇 대가 우리 버스를 앞질러 씽씽 지나가는데 참 얄미웠다.

피사크에 도착하니 알록달록한 수공예품을 파는 꼬마 아가씨들이 맨 먼저 반겨줬다. 사라고 달려드는 게 아니라 손에 물건을 들고 나와 눈을 마주치면 배시시 웃기만 한다. 뭐지? 사라는 걸까 아니면 말라는 걸까. 결국에 순진한 미소와 내 주머닛돈을 맞바꾸었다. 아마도 고차원 상술에 내가 넘어간 것 같다.

피사크는 마을에서 가파른 산길을 따라 한참을 올라야 다다를 수 있다. 아직 고산병의 후유증이 남아서인지 숨이 가빠지는 게 정상적인 컨디션은 아니다.

피사크 입구에서 저 멀리 마을 집들이 자그맣게 보였다. 그 옆에

피사크 유적지. 돌담으로 둘러싸인 검은 돌(사진 중앙)은 남북 방향을 정확히 가리킨다. 잉카인의 천문 관측 기술이 상당한 수준이라는 사실을 알 수 있다.

뒤편에서는 손녀딸이 수공예품 제조를, 할머니는 판매를 담당하는 가족 회사다. 물건을 사라는 몸짓도 손짓도 없고 잔잔한 미소만 보내고 있다.

시뻘건 황톳빛의 우루밤바강도 보였다. 이 강은 올란타이탐보를 거쳐 마추픽추 관문 마을인 아과스칼리엔테스를 지나 아마존강으로 흘러간다.

절벽 위 난간도 없는 비좁은 길을 걸어서 도착한 피사크는 마을 규모도 작고 주변 경치 또한 별 볼일 없었다. 그러나 가파른 경사를 따라 만든 계단식 밭과 지금도 수로를 따라 흐르는 물이 경이로웠다. 약수터에서 나오는 물은 마셔도 된다는데 난 당연히 마시지 않았다. 여행에서 물갈이로 고생하면 여행이 즐거운 게 아니라 고행길이 되기에 그렇다.

마을로 돌아오는 길에 도로 한쪽에 때아닌 장이 섰다. 할머니, 아주머니, 아까 내게 미소로 물건을 팔았던 소녀 등 온 가족이 다양한 수공예품을 진열해놓고 한쪽에서는 시연 중이다. 마을 주차장에 우리가 타고 온 버스 외에 서너 대가 있는 것을 보고 장사판을 벌인 모양이다.

이상하게도 이 동네는 남자라곤 아이들을 빼놓고 코빼기도 볼 수 없었다. 물어보니 노동력 있는 청장년 남자는 돈 벌러 외지로 나갔다고 한다. 우리나라도 오래전에 달러를 벌러 독일에 광부로, 중동에 건설 노동자로 나갔었는데…. 마음이 짠했다.

올란타이탐보역에 도착하니 관광객들로 제법 북적거렸다. 예매했던 표를 받아들고 시간이 남아 역사 근처를 어슬렁거렸다. 라마 몇 마리가 풀을 뜯고 있는 모습이 보였다. 생김새는 순해 보여도 난

폭한 동물이라 가까이 가는 것은 삼가야 한다. 은근히 겁이 나 먼발치서 사진만 찍는데 작은 라마가 내게 다가왔다. '오지 마, 꼬마라도 라마잖아. 무섭단 말이야.'

올란타이탐보역에서 아과스칼리엔테스까지 가는 기차는 페루 레일과 잉카 레일을 이용할 수 있다. 잉카 레일이 깨끗하고 친절하다는 소문에 예매하기가 힘들었다.

난 예약이 좀 더 쉬운 페루 레일을 택했다. 아과스칼리엔테스행 기차가 역에 도착하니 지정 좌석제인데도 점잔을 떨던 외국 아이들이 뛰고 엉키고 난리였다.

기차 천장의 일부가 유리여서 좌석에 앉아서도 안데스 산봉우리를 볼 수 있었다. 차창 너머로는 우루밤바강이 보였다. 여행객들은 열차가 달리며 산봉우리가 보일 때마다 괴성을 합창하더니 차츰 수그러들었다.

어느새 나도 잠들었는지 덜컹거리며 끼익하는 쇳소리에 눈을 떴는데 사위가 어둑어둑했다. 1시간 30분 정도를 달려 아과스칼리엔테스에 도착한 것이다.

아과스칼리엔테스역 입구에는 자기네 호텔로 숙박을 권하는 호객꾼들이 북새통을 이뤘다. 그런 가운데 난 우아하게 예약한 호텔의 피켓맨을 찾아 안내를 받을 수 있었다. 자그마한 동네인데도 기념품 가게와 식당의 호객 행위로 떠들썩했다.

숙소에 짐을 풀고 저녁을 먹으러 나왔다. 하늘을 올려다보니 시

아과스칼리엔테스 기차역. 마추픽추를 오르려면 아과스칼리엔테스까지 열차로 와 버스로 갈아타야 한다. 며칠째 폭우가 내려 황토색 강물이 심상치 않았다.

커먼 구름에 가렸는지 별 하나 보이지 않았다. 가로등이 비치는 큰 길에서 조심스레 고개를 들어보니 가파른 경사의 높은 산들이 내 좌우로 높은 벽을 쌓고 있다.

식사 후 귀갓길에 비가 툭툭 떨어지는가 싶더니 금세 소낙비로 변했다. 숙소에 도착해 소나기에 젖은 옷을 빨고 이른 잠을 청했다. 창밖에는 스콜같이 굵은 빗줄기와 천둥, 번개까지 삼박자로 난리법석이다. 내일 올라갈 수 있을까? 엊저녁에도 이러다가 아침에 괜찮았으니 내일도 별일 없을 거라는 주문을 걸고 잠에 빠져들었다.

잃어버린 공중 도시

마추픽추로 출발

깨자마자 창문을 열어보니 비는 그치고 안개만 자욱했다. 안개 정도야 하며 우비와 식수, 사과, 과자 약간만 챙겨서 버스 정류장으로 향했다.

새벽 5시인데도 마추픽추행 버스 정류장에는 이미 많은 관광객이 긴 뱀처럼 줄을 서 있었다. 인원을 제한하는 데다 구석구석 보고 싶은 욕심에 서둘렀는데 낭패다.

6시가 되니 버스 여러 대가 정류장에 속속 도착했다. 버스에 탑승객을 모두 태우면 시간과 관계없이 출발하는 듯했다. 꼬불꼬불한 길을 30분 정도 오르면 마추픽추 입구에 도착한다. 버스 기사는 낭떠러지 옆길을 무슨 자동차 레이스 대회에 참가한 듯이 속도를 내며 달린다. 앞차를 봐도 뒤차를 봐도 달리는 속도가 장난이 아니다. 어차피 앞지르지도 못하는데 뭐가 그리 급할까?

잡생각을 하다 보니 벌써 입구에 도착했다. 입장하려면 아직 30분이나 남았는데 출입구가 보이지 않을 정도로 줄이 길어 당황하며 불길한 예상을 해봤다. 오늘 안에 마추픽추를 볼 수 있을까? 입장이 시작돼 출입구를 지나 한쪽이 돌벽, 다른 쪽은 절벽인 오솔길을 걸어가는데 안개가 잔뜩 끼어 아무것도 보이지 않았다.

이 정도 걸어 들어오면 와이나픽추(케추아어로 '젊은 봉우리'라는 뜻)와 앞뜰의 건축물들이 보여야 하는데 여기는 아직 잠을 깨지 않

버스로 이 길을 따라 지그재그로 오른다. 그야말로 아찔하다. 그나마 불행 중 다행일까? 버스는 신형 벤츠였다.

마추픽추에 입장하기 위해 대기하는 줄. 안개가 짙지만 다른 대안이 있는 것도 아니니 망설임 없이 입장한다. 얼른 해가 뜨게 해달라고 맘속으로 기도했는데 7시간이 지난 후 응답을 받았다.

은 어둠침침한 새벽이다. 불안한 마음으로 마추픽추를 한눈에 내려다볼 수 있다는 '망지기 집'으로 가려고 경사가 심한 돌계단을 올랐다. 엊저녁에 내린 비로 계단이 미끄러워 여기저기서 엉덩방아를 찧으며 내는 비명이 들려왔다.

방금 올라온 계단 정도만 보일 정도의 짙은 안개로 시계가 제로다. 안개는 해만 뜨면 잽싸게 철수한다며 자기 최면을 걸면서 오늘 하루는 죽이 되든 밥이 되든 여기서 버텨야 한다. 안개 속에서도 볼 만한 유적들을 먼저 둘러보기로 했다. 지도를 보며 미끄러운 돌길을 따라 조심스럽게 발걸음을 내디뎠다.

케추아어로 '늙은 봉우리'란 뜻의 마추픽추는 해발 2,437m에 있

일반적으로 알려진 마추픽추 사진은 대부분 '망지기 집'에서 찍은 것이다. 나를 포함해 혹시나 하며 안개가 걷히기를 기다리는 사람들의 모습이 애처롭다.

는 고산 도시다. 산 아래에서는 어디에 있는지도 볼 수 없다고 해서 '잃어버린 도시'라는 이름으로도 불린다. 주변 현지인들 사이에서 구전으로만 전해오던 이 도시는 1911년이 돼서야 미국의 고고학자인 하이럼 빙엄 3세가 원주민 소년의 증언을 토대로 실체를 확인함으로써 세상에 알려졌다.

마추픽추는 1450년경 파차쿠티 황제 시대에 지어졌다. 약 1세기 뒤 스페인 침략과 비슷한 시기에 이 도시는 버려졌을 것이라고 역사학자들은 추측하고 있다. 문자가 없었던 잉카인에 대한 기록이 남아 있지 않아 발견된 유적과 유물을 보며 이 도시를 건설한 목적을 미뤄 짐작만 할 뿐이다.

많은 여자와 어린아이, 사제로 추정되는 미라들만 발견돼 인신공양을 하던 신전이라는 설이 설득력을 얻고 있다. 그러나 이 도시에는 평민 주거 단지, 귀족 주거 단지, 상업 지구, 신전, 왕궁, 감옥, 계단식 밭과 콜카(식품 저장소)까지 갖춰져 있었다. 한마디로 자급자족할 수 있도록 계획된 도시라는 사실만은 확실하다.

산 위부터 산 아래까지 물이 고이지 않고 자연스럽게 흐르는 수로도 있었다. 비가 아무리 많이 와도 물웅덩이 하나 생기지 않고 전부 식수로 사용했다고 한다. 현재까지 그 수로에는 여전히 물이 흐르고 있다.

망지기 집에서 계단으로 내려와 돌로 쌓은 문(예식용 출입문)을 통해 도시로 진입하면 작은 집들이 촘촘하게 이어진다. 조악한 돌 사이를 진흙으로 막아 벽을 쌓고 비바람을 피한 것을 보면 평민이 살던 주거 단지임을 알 수 있다. 그 아래로 상업 지구가 있다. 두껍게 쌓은 담장 너머로는 잘 다듬어진 돌로 보기 좋게 지은 넓은 집들이 있다. 왕족과 귀족들이 살던 곳이다.

두 단지를 가로막아 쌓은 높은 담장은 당시 신분 차이를 가늠할 수 있는 좋은 자료다. 중앙에는 큰 바위 위에 유일하게 원형으로 쌓은 벽이 보인다. 이곳이 바로 태양신에게 제사를 지내던 '태양의 신전'이다. 그 아래로 매끈하게 잘 빠진 돌계단에는 왕족 무덤으로 추정하는 능묘가 있다.

아직도 안개는 집에 갈 낌새를 보이지 않는다. 도리어 짙어졌다가 옅어지고를 되풀이하고 있다. 그 와중에 배가 너무 고팠다. 대충 서너 시간이면 둘러볼 수가 있다고 해서 물과 사과, 과자만 들고 올라왔는데 계산 착오다.

이제 남은 거라곤 물밖에 없었다. 마추픽추 단지 내에는 매점도 없어 입구 밖으로 나가야 하는데 말이다.

채석장 밑으로 잔디 축구장 같은 광장에 라마들이 풀을 뜯고 있었다. 라마는 난폭하다고 들었는데 여기 사는 놈들은 친화력이 좋아서인지 사람들을 졸졸 쫓아다니고 있었다. 바로 '먹이의 힘'이다. 관광객들이 감자 칩 같은 과자를 라마들에게 무차별 살포하면서 친한 척 사진을 찍고 있었다. '사람은 배가 등에 붙어 쓰러지기 일보 직전인데 나 좀 주지….'

1만 명 정도가 살았을 것으로 추정되는 마추픽추의 중앙 광장에는 풀을 뜯는 라마들만 있어 쓸쓸해 보였다. 오른쪽은 귀족 주거 단지로 평민 거주 단지와 달리 규모가 크다.

태양의 신전에서는 건물 위쪽에 뚫린 창문으로 들어오는 태양 빛을 관찰해 계절의 변화를 읽을 수 있다. 그림자로 동지와 하지를 정확히 구분했다고 한다.

안개가 사라지고 본모습을 드러낸 마추픽추

신발조차 천근만근 무겁게 느껴지는데 가장 높은 곳에 있는 천문대로 오르려니 현기증이 났다. 자칫 발을 헛디뎌 구르면 죽지야 않겠지만 움직이는 데는 문제가 생길 것 같았다. '정신 차려, 이 친구야!' 지나다니는 사람에 방해되지 않게 계단에서 가까운 바위에 앉아 물을 마시는데, 젊은 여성들이 쿠키 좀 먹겠냐며 말을 걸어왔다.

염치고 뭐고 주는 과자 한 봉지를 넙죽 받았다. 허겁지겁 먹으면 없어 보일 것 같아 조절하며 먹는데 사과 한 알을 또 건넨다. 사양하는 척하다 슬쩍 받아 챙겼다.

내 사정을 설명하고 호스텔 이름을 알려주면서 저녁에 식사를 대접하겠다고 했다. 자기네는 이틀째 올라오고 있는데 오늘 보지 못하더라도 저녁 기차로 쿠스코로 돌아간다고 오히려 내게 초대해줘 고맙다며 인사를 한다.

'이틀째 여기를 왔다고? 그렇다면 나도 그럴 가능성이….' 갑자기 불안해지는 마음을 가다듬으며 어느 나라에서 왔는지 물었다. 프랑스 여대생으로 겨울방학을 이용해서 둘이서 왔단다.

그동안 자기들이 거쳐온 아르헨티나, 브라질, 칠레, 볼리비아의 관광 명소와 숙소 정보를 소상하게 이야기해줬다. 난 이 여대생들과 반대 방향 일정이라 이때 얻었던 정보가 여행하는 데 큰 도움이

안개가 걷히기를 기다리며 요가를 하는 프랑스 여대생들. 두 사람 덕분에 허기를 면할 수 있었다.

됐다. 두런두런 이야기를 나누는 사이 안개가 옅어졌다.

여대생들과 반대쪽의 가파른 계단을 오르려다가 아차 싶어 급하게 뛰어 내려가며 "잠깐만요!" 하고 소리를 질렀더니 주위 사람들이 놀라서 쳐다봤다. 두 여대생에게 하회탈과 장구 열쇠고리를 선물하고 나니 그제야 빚진 마음이 사그라들었다. 그녀들도 의외의 선물이 맘에 들었는지 요리조리 살펴보면서 엄청 좋아했다.

여대생들을 뒤로하고 다시 올라가는데 계단이 왜 이리 가파른지 낑낑거리며 인티와타나(케추아어로 '태양을 묶는 기둥'이라는 뜻)에 도착했다. 인티와타나를 농사짓는 데 유용하게 썼다는데 이 단순한 돌기둥에 그런 기능이 있다는 게 신기할 따름이다.

햇살이 본격적으로 비치면서 안개는 사라지고 눈앞에 와이나픽추가 나타났다. 거의 직각에 이르는 가파른 계단을 올라가는 사람들이 개미처럼 보였다. 한눈에 봐도 개고생하고 있는 것 같았다. 멀리서도 괜히 왔다는 마음이 읽힐 정도로 난코스다. 그래도 여기까지 왔는데 올라가야지 하고 뛰다시피 내려와 대광장을 가로질러 입구에 다다랐다.

입구 이곳저곳에 몇몇 사람들이 모여서 떠들기도 하고 어떤 이들은 아예 배낭을 베고 잠을 자고 있었다. 뭔지 모르지만 괜스레 불안했다. 불길한 예감은 언제나 꼭 맞는다. 오늘 입장할 수 있는 인원 400명이 넘어 내일 다시 오라고 안내를 한다. 아무리 설득해도 막무가내다.

낙심해서 돌아 나오는데 아까 만났던 프랑스 여대생이 와이나픽추에 올라간다며 입장 시간이 돼서 왔다고 한다. 자기들은 아침 일찍 이곳에 와서 예약해놓고 다른 곳을 먼저 구경했다면서 말이다.

오전 7시가 조금 넘어 입장해서 지금 오후 1시가 넘었으니 6시간 동안 헛수고를 하고 다닌 거나 다름없다. 프랑스 여대생이 일행이라고 우겨보자고 해서 갔는데 지킴이 아주머니가 매우 강직했다.

사실 하산하는 사람들의 얼굴을 보니 땀에 절은 초췌한 모습에 혀는 반쯤 나와 있어 혹시 입장을 허락하면 어떻게 해야 하나 살짝 고민하고 있었다. 나중에 안 사실이지만 90도 가까운 경사에 계단 폭도 비좁아 두 사람이 빗겨 가기에도 어려운 곳이 많았다. 종종 추락하는 사고가 발생하는 곳이어서 특별 관리를 하고 있단다.

와이나픽추를 포기하니 시간적인 여유가 생겼다. 이제부터는 마추픽추 구석구석을 돌아다녀야겠다! 태양의 신전, 신전을 중심으

계단식 농경지와 식량 창고. 자급자족에 필요한 농경지와 수로, 보관 창고가 지근거리에 있었다.

로 대사제와 왕궁, 귀족 거주 단지가 있었다. 각 벽에 정교하게 세공한 돌이 눈에 띄었다. 직위에 따른 주택을 판단하는 방법은 벽을 쌓으려고 사용한 돌의 세공 여부로 알 수 있었다.

광장을 가로질러 계단식 농경지로 가는 좁은 길을 라마 몇 마리가 가로막고 있어 조금 망설였다. 라마에게 걷어차이면 수천 길 낭떠러지로 구르는데…. 한참을 망설이다가 아니꼽지만, 윗길로 돌아가기로 했다. 어쩌다 라마들한테도 쫓겨 다니는 신세가 돼버렸지?

가파른 언덕의 농경지는 정교하게 쌓은 돌축대로 거인들의 계단처럼 잘 정리돼 있었다. 그 옆에는 곡물 창고인 콜카가 계단 끝에 열을 맞춰 있다. 수확하는 즉시 창고로 저장하는 효율적인 시스템이었던 것 같다.

얻어먹었던 과자의 약발도 이제 다 됐나 보다. 다리 힘이 점점 없어지고 있었다. 남아 있는 힘을 끌어모아 높은 곳에 위치한 망지기 집으로 향했다. 안개가 물러가고 마추픽추와 와이나픽추 전체가 선명하게 보였다. 여기가 사진을 찍을 수 있는 최적의 포인트다. 판타스틱하다! 아니나 다를까 이쪽저쪽에서 사진 찍는 이들의 탄성이 터져 나오고 있다.

내려갈 때는 걸어서 등산길을 이용하려 했는데 허기가 너무 져 버스를 타기로 했다. 버스가 굽어 있는 길을 돌아 내려오는데 한 아이가 우리에게 손을 흔들고 있다. 다시 굽은 길을 도니 그 아이가 또 보였다. 버스가 지그재그로 달릴 때 직선으로 난 하이킹 트레일을 뛰어 내려와 기다렸다가 인사를 하고, 버스가 지나가면 다시 또 뛰며 약간의 팁을 기대하는 거다.

말로만 듣던 '굿바이 보이'로구나! 얼른 1,000원의 행복 열쇠고리에 솔(페루 화폐 단위) 지폐를 끼워 던졌더니 배꼽 인사를 하며 고맙다고 크게 외쳤다. 그런데 아이의 깜짝 쇼 관람료를 내는 분들이 거의 없어 마음이 영 좋지 않았다. 내가 던져준 것을 주웠는지 그 아이가 더는 뛰지 않아서 다행이지만 조금 더 줄 걸 그랬나 보다.

마을에 도착하니 배고픔에 지쳐 모든 것이 먹을 것으로 보였다.

안개가 걷히니 망지기 집과 주변 풍광이 멋진 모습을 드러냈다.

마침내 모습을 드러낸 마추픽추. 멀리 와이나픽추가 보인다.
이 사진 한 장을 찍으려고 7시간을 쫄쫄 굶어가며 추위에 떨다니….

중국집 간판이 보이자마자 뒤도 돌아보지 않고 뛰어들어 볶음밥부터 시켰다. 기다리는 동안 시원한 맥주 한 병을 들이켰더니 하늘이 뱅글거리며 돌았다.

어제 일이 까마득한 옛일로 생각나는 것은 아마도 엊저녁 밥도 먹지 않고 쓰러져 긴 밤을 보내서일 거다. 비로 질척거리는 기차역을 떠날 때 철길 옆 우루밤바강의 황톳빛 거센 물살이 범상치 않았는데 며칠 뒤 강물이 범람해 철길을 끊어버렸다. 그 결과 6개월간 마추픽추 관람이 중지됐다. 천우신조였다.

"고맙습니다, 남은 일정도 아무 일이 없기를."

유대 민족 디아스포라의 시작, 이스라엘 마사다

이스라엘 국경을 통과해 마사다로

오늘은 모세가 묻혔다는 요르단 느보산을 떠나 육로를 이용해 이스라엘 국경을 통과할 예정이다. 아바림산맥의 일부인 느보산은 모세가 죽기 전에 약속의 땅을 본 곳으로 《성경》에 언급돼 있다.

해발 700m 정도 되는 느보산을 오가는 길은 꼬불꼬불하고 좁은 편이다. 큰 버스가 다니기에는 조금 위험스러울 정도로 아슬아슬해 보였다.

여권에 요르단 출입국 도장이 찍혀 있어도 이스라엘 측에서 방문을 허락해줄 정도로 인근 아랍 국가와 다르게 두 나라 관계는 우

호적이다. 1시간 남짓을 달려 두 나라의 국경 초소가 있는 알렌비 마을에 도착했다. 가이드가 중국 단체 관광객 버스 2대가 대기 중인 것을 보고 시간이 걸릴 것 같으니 초소 경계 구역 내에서 쉬고 있으라고 한다.

이스라엘 입출국 시 짐 검사는 까다롭기로 정평이 나 있다. 특히 중국인의 짐은 전수 조사를 하는 통에 시간이 상당히 걸려 월경할 때 기피 대상 1호다. 잠시 버스에서 내려 그늘에 앉아 밀려오는 단체 관광버스를 보며 그래도 우리 앞에는 중국인이 몇십 명만 있으니 그리 오래 걸리지 않겠지라며 안도했다.

느긋하게 주위를 두리번거리는데 가이드가 우리 일행을 찾아다니며 자기를 따라오라고 재촉했다. 우리 버스는 이슬람 국가나 중국 국적자 없이 미국·유럽·한국 등 다국적 그룹이므로 별도 창구를 열어준다는 것이다.

아마도 중국인들의 짐 검사를 빡빡하게 하겠다는 것이리라. 쌤통이다! 호텔 조식 뷔페의 과일을 몽땅 가져가 조금 늦게 식사하러 온 우리 일행의 항의로 호텔 측을 당황하게 하더니….

"안녕하쎄요."

이민국 여직원이 내 여권을 받아들며 어눌한 한국말로 반갑게 인사를 했다. 놀라워하는 내게 싸이의 〈강남스타일〉을 좋아한다며 일사천리로 입국 승인 도장을 찍은 다음 여권을 돌려줬다.

이스라엘 이민국 직원이 까다롭다는 소문을 하도 들어서 작은 선물을 주고 싶다고 의견을 물었더니 흔쾌히 받겠단다. 우리 그룹을 위해 수고하는 데스크 여직원 2명과 창구를 열어준 상관으로 보이는 아주머니에게 태극무늬 열쇠고리를 건넸다.

그들은 입국 심사도 미룬 채 셋이 모여 신기한 듯 들여다보며 고맙다고 윙크까지 날렸다. 옆 창구 중국 관광객들은 짐 보따리를 펼치고 난리법석인데 우리는 손가방만 엑스레이 검색을 마치고 룰루랄라 버스로 향했다.

국경 초소를 떠나 조금 달리니 차창 좌우로 사해와 삭막한 황무지가 보였다. 간간이 키부츠의 과실수들이 사막의 오아시스처럼 눈에 띄기도 했다. 마사다(히브리어로 '요새'라는 뜻)까지 1시간을 달리는 동안에 두 번의 검문소를 통과했다. 검문할 때마다 실탄을 장전한 총기를 메고 버스에 오르는 병사를 보니 새삼 이 지역의 긴장감을 느낄 수 있었다.

깜빡 졸고 있는 사이에 도착했다는 안내 방송이 나왔다. 선잠을 깨자마자 하차하니 숨 막힐 듯한 열기가 훅 치고 들어왔다. 주차장에서 보이는 방문자센터가 아주 멀게 느껴진다.

마사다를 오르려면 케이블카를 타거나 꼬불꼬불한 비탈길(뱀길)을 걸어 올라가야 한다. 2.3km에 이르는 뱀길은 1시간 정도 걸린다는데, 40도를 웃도는 더위에 언감생심 일찌감치 걷기를 포기했다.

마사다는 기원전 37년에 로마가 임명한 헤롯왕이 자기 민족인 유대인의 반란을 우려해 세웠다. 이 피난처는 높이 450m의 바위

전면으로 3층 규모의 헤롯왕 궁전이 보인다. 저층부와 고층부 간격이 무려 30m다. 왼쪽의 까만 건물은 케이블카 승강장이고 궁전 뒤편으로 거주지, 군막, 창고, 채석장, 목욕탕 등이 있다.

케이블카에서 본 전경

절벽에 있다. 이곳에는 궁을 비롯해 망루, 무기고, 식량 창고 등 병영 시설과 거주지, 로마식 목욕탕, 수영장, 정결소(예배하기 전에 손발을 씻는 곳), 예배당 등 생활 시설이 갖춰져 있다.

특히 빗물을 모아 생활용수로 쓸 수 있는 저수조 시설이 요새 곳곳에 있어 식량만 비축하면 누구의 침략을 받든 몇 년이고 버틸 수 있는 천혜의 자연조건을 갖춘 요새다.

로마가 예루살렘을 점령해 도시 전체를 파괴하는 것에 무력 투쟁으로 맞서던 열심당 분파인 시카리(단검파)가 마사다를 접수해 3년간 로마군에 저항했다. 함락되기 직전 최후의 순간을 맞이한 유대인들은 모두 모여서 로마인들의 손에 목숨을 잃지 않기 위해 극단적인 선택을 했다. 로마군은 마사다에서 피어오르는 큰 불길을 보고 황급히 요새로 올라갔지만, 폐허가 된 마사다에 남아 있는 건 수백 구에 달하는 유대인의 시체였다.

케이블카에 탑승하기 전, 요새에서 발굴한 유적을 전시하는 박물관과 로마군과의 마지막 전투 영상을 볼 수 있는 영화관을 방문했다. 더위도 시킬 겸 들른 두 곳에서의 경험 덕분에 아직 대면하지 못한 마사다가 머릿속에 선명하게 그려지는 것 같았다.

케이블카 승강장에서 올려다본 마사다는 메마르고 거친 절벽만 보일 뿐이다. 밑에서는 요새의 그 어느 것도 볼 수 없다. 케이블카에서 보이는 사해는 에메랄드빛이지만 가뭄이 심해 흰 소금 덩어리 섬이 군데군데 떠 있어 다소 흉물스러웠다.

마사다 사람들이 살았던 흔적을 찾아서

케이블카에서 내려 절벽에 설치된 데크를 따라갔다. 절벽을 파서 만든 물길이 보이고 그 물길 끝의 계단 아래로 큰 물탱크가 있었다. 빗물이 물길을 따라 자연스럽게 이곳(저수조)으로 모이게 고안한 것이다.

뱀길 입구를 빠져나오니 방금 내가 내린 케이블카 승강장 주변의 너른 분지에 형체를 가늠하기 어려운 건축물 잔해가 밀집돼 있었다. 이곳이 궁전이 있는 북쪽 지역이다. 거주지, 군막, 창고, 채석장, 열탕과 냉탕을 갖춘 대형 로마식 목욕탕이 있는 번화한 지역으로 당시 고위층과 그 가족들이 살았던 곳으로 추정한다.

남쪽 문으로 가려고 요새 성벽을 따라 걷다 보니 사해가, 그 너머로 모압 지역이 보였다. 네 땅 내 땅이라고 할 것 없이 척박하고 삭막하다. 하나님께서 느보산에 오른 모세에게 저곳이 젖과 꿀이 흐르는 땅이라고 했다는데 그렇다면 하나님은 거짓말쟁이인가.

더위는 둘째 치고 사나워진 햇살이 눈을 괴롭혔다. 마침 선글라스를 차에 두고 내려 주인을 잘못 만난 눈이 생고생하고 있다. 덥기도 하지만 눈이 걱정돼 잰걸음으로 남쪽 성채로 향했다. 이곳에는 조금 전 북쪽에서 봤던 저수조의 몇 배가 될 정도의 커다란 물탱크와 그 옆에 수영장이 있었다.

곳곳에 설치된 지하 저수조에 모인 빗물은 생활용수는 물론 수

북쪽 지역 오른쪽 건물은 관리동으로 근처 창고 관리인들이 사용했다. 뒤로 보이는 망루에 오르면 마사다 전체를 한눈에 볼 수 있다.

궁전 저층부로 내려가는 길. 상층부는 궁전이고 저층부 2개는 연회장이다. 최저층부 연회장의 목욕탕은 혹시 19금 시설이 아니었을까?

지금은 성벽이 허물어져서 초라하지만, 그 옛날에는 젊었을 때의 나처럼 딴딴했겠지? 뒤로는 가뭄으로 바닥이 드러난 사해와 요르단 모압 땅이 보인다.

성벽을 빙 돌아 지하 저수조가 12곳에 있다. 인공적으로 만든 물길을 따라 빗물이 이곳으로 흐르는 구조다. 당시 마사다를 비롯한 주변 광야가 대부분 석회로 이뤄져 빗물이 땅에 흡수되지 않고 고인다는 사실을 알았다.

영장도 운영할 수 있는 정도였다. 필요할 때마다 나귀를 이용해 저수조에서 수영장으로 물을 채웠다는데 과연 이 수영장을 신분과 관계없이 개방했을까?

지금 내가 보는 이 저수조는 64개 계단을 걸어 내려가야 다다를 수 있을 정도로 깊다. 물이 차고 넘쳤어도 수영장은 귀족과 특정 계층만 즐길 수 있는 놀이터였을 것이다. 왠지 씁쓸한 마음을 누를 수 없다.

로마군 진지. 마사다에서 가장 잘 보이는 곳에 진지를 구축해 무언의 압박을 가함과 동시에 요새 밑으로 성벽을 쌓아 유대 병사들이 도망가지 못하도록 했다.

남쪽 문 정면 건너편으로 보이는 엘리에젤 언덕은 로마군이 주둔한 가장 높은 곳이다. 이곳의 지형을 이용해 마사다의 움직임을 세밀하게 감시했다고 한다. 수영장 근처에는 지금도 계단을 이용해 올라갈 정도의 높은 망루가 있다. 그 외벽에는 구멍이 여러 개나 있다. 이 구멍은 식용 비둘기용으로 적을 감시하는 망루 본연의 목적 외에 다용도로 쓰였다.

비둘기는 마사다에서 섭취할 수 있는 단백질이 풍부한 최고의 음식이었다. 비둘기 배설물은 농사를 짓는 데 거름으로, 말려서 연료로 썼다고 하니 그들의 지혜에 놀랄 뿐이다. 이 요새에는 비둘기 양식장이 여럿 있다. 귀소 본능이 있는 비둘기를 고른 이들의 탁월한 선택에 찬사를 보내고 싶다.

1995년 베트남에서 근무할 때 처음 접한 비둘기고기는 생소해서 손도 대지 못했었다. 귀한 손님에게만 대접하는 음식이라니 어쩔 수 없이 한두 점 먹었던 기억이 새롭다.

마사다에서 단일 건물로는 가장 큰 서쪽 궁전과 병영, 탈의실, 개인 정결소 등을 갖춘 소규모 궁전들, 주춧돌과 무너진 벽만 있는 비잔틴 교회와 유대 예배당에 대해 가이드가 땀을 뻘뻘 흘리며 설명하고 있다. 미안해서 열심히 듣는 척했지만, 더위를 먹으니 짧았던 영어의 이해도마저 훅 떨어졌다. 체면이고 뭐고 비잔틴 교회의 벽이 만들어준 손바닥만 한 그늘로 얼른 숨어버렸다.

교회 앞쪽 공터에 보이는 둥그렇게 다듬어진 돌들은 유대인이 로마군을 향해 언덕 밑으로 굴리던 돌이라고 한다. 어떤 책에서는 로마군이 투석기로 요새를 공격하면서 날아온 돌이라던데 어떤 설명이 맞을까?

잘 다듬어진 돌은 오랫동안 전투 준비를 한 로마군이 쏜 것이고, 모양새가 거친 돌은 급한 대로 절벽 아래로 굴리는 용도로 썼을 테니 유대군의 것이 아닐까 추측해봤다. 그럴듯하지 않은가.

이 비잔틴 교회는 일부만 남았지만, 당시 특이한 형태의 점토 바닥과 화려한 모자이크 타일로 장식한 교회였음을 짐작할 수 있다.

누가 쓰던 돌덩이일까? 잘 다듬어진 생김새를 보니 로마군이 쓴 돌 포탄 같은데….

마사다 유적 전망대에서 바라본 풍경. 저 멀리 사해가 보인다.

종교 문제로 무고한 살상이 없기를 바라며

비잔틴 교회 인근의 서쪽 문은 마사다가 로마군 공격에 최초로 무너진 지역이다. 로마군이 공성전을 벌이기 위해 쌓았던 흙 경사로가 아직도 남아 있다. 마사다의 경사 아래로 보이는 로마 진지까지 관광객들이 방문하게 길을 만들었는데 더위에 갈 엄두가 나질 않았다. 그냥 그늘을 찾아 얌전히 앉아서 당시 처절했던 전투의 모습을 그려보는 것으로 만족했다.

로마군에 함락될 것을 예상한 유대 병사들이 자신의 가족을 죽인 뒤 모여서 제비뽑기로 지명된 병사가 동료를 살해하고, 최후로

서쪽 궁전은 응접실, 거실, 경비실, 목욕탕까지 갖춘 마사다에서 가장 큰 단독 건물이다. 항쟁 시 이곳은 병영으로 쓰였다.

남은 1명이 자결하는 비장한 모습을 그려봤다. 같은 민족이라 공격하지 않을 것을 예상해 유대 포로에게 경사로를 쌓게 하고, 그 경사로를 이용해 투석기로 성벽을 허문 뒤 의기양양하게 요새에 입성해 시체 960여 기의 영접을 받은 실바 장군과 병사들의 놀란 모습도 떠올려봤다. 세계 전쟁사에서 왜 이 전투를 '가장 치욕적인 승리이자 가장 아름다운 패배'라고 부르겠는가.

여러 성인이 서로의 다름을 인정하고 더불어 살아야만 천국행 열차를 탈 수 있다고 2,000년 동안을 온갖 좋은 말로 꼬드겨도 아직도 세계 곳곳에서 벌어지는 전쟁으로 인명 피해가 크다. 안타까움을 넘어 그만 좀 하라고 울부짖고 싶다.

정신을 차려보니 일행들은 어디를 갔는지 나만 홀로 그늘을 이고서 앉아 있다. 나를 찾느라 뙤약볕에서 고생한 것 같은데 가이드는 전혀 내색하지 않고 로마군이 쌓은 경사로를 배경으로 사진을 찍겠냐고 물어왔다. 괜찮다는 말로 미안한 마음을 대신했다.

서쪽 성벽에서 본 헤롯왕 궁전은 깎아지른 절벽 위에 지어진 난공불락의 요새다. 층간 이동도 외부에서 동선이 보이지 않게끔 벽을 쌓아 철저하게 가려놓았다. 하지만 헤롯왕은 마사다에 한 번도 오지 않았다고 한다. 헤롯왕이 자신의 피난처로 만든 마사다를 이용해 유대 반란군이 자기를 임명한 로마군을 3년간이나 괴롭혔다니 역사의 아이러니가 따로 없다.

케이블카 탑승장으로 가는 도중 공공 식수대에서 몰래 세수를 하고 손수건을 물에 적셔 목에 두르니 요새를 다시 한 바퀴 돌아도 될 정도로 정신이 번쩍 들었다. 이 식수대에 어떤 기계적 장치를 해놓았는지 얼음물같이 차갑다. 예나 지금이나 마사다의 물 다루는 기술은 여전히 좋은 듯하다.

마사다 전투는 유대인으로서는 불행하고 비극적인 사건이다. 하지만 2,000년을 나라 없이 디아스포라로 세계 곳곳에서 떠돌이 생활을 하면서도 이 사건을 통해 얻은 자긍심과 단결력이 이슬람 국가들의 심장부인 중동에 이스라엘이라는 나라를 건국할 수 있었던 밑거름이 되지 않았을까 싶다.

"마사다는 다시 함락되지 않으리라!"

이스라엘 신병 교육의 마지막 날 마사다에 올라 이 구호를 외침으로써 유대인의 저항 정신을 기린다고 한다. 그러나 신시오니즘이 득세하면서 이런 일련의 과정이 없어졌다고 한다.

요즘 이스라엘과 팔레스타인 무장 정파 하마스와의 전쟁으로 전 세계가 둘로 나뉘어 서로를 비난하며 들썩이고 있다. 닭이 먼저냐 알이 먼저냐처럼 어렵고 복잡한 문제로 누구 편에 서서 잘잘못을 따지기 전에 무고한 인명 살상이 더는 없었으면 한다.

3장

종교와 신성의 풍경 속으로

- 하늘과 맞닿아 있는 그리스 수도원 메테오라
- 아시아와 유럽 경계에 있는 조지아 게르게티 트리니티 교회
- 아메리카 대륙 최대의 피라미드, 멕시코 테오티우아칸
- 밀림 속에 숨겨졌던 크메르 왕국의 마지막 사원 앙코르와트
- 라오스 불교의 성지 루앙프라방

하늘과 맞닿아 있는 그리스 수도원 메테오라

그리스 델포이를 거쳐 메테오라로 가는 길

이른 아침 그리스 서부 이오니아해의 자킨토스섬을 출발해 지구의 배꼽(옴파로스)이 놓여 있는 델포이에서 아폴로 신전, 원형 극장, 레슬링 경기장, 국고 창고, 박물관 관람을 마치고 메테오라를 향해 출발했다.

메테오라가 있는 칼람바카(그리스어로 '전망 좋은 곳'이라는 뜻)는 델포이에서 북서쪽으로 235km 떨어진 곳이다. 3시간 30분 정도 걸리는 거리에 있다. 고속도로보다는 운전이 조금 힘들더라도 파르나소스산 정상을 넘어 꼬불꼬불한 동네 길을 택해 그리스 시골 마을 구경을 하기로 했다.

델포이에서 산정상으로 오르는 길은 가드레일도 없이 까마득한 절벽을 따라 이어진다. 긴장하지 않은 척, 모범 운전사인 척 천천히 운전하며 산 정상에 올라 잠시 숨을 고르기로 했다.

멀리 보이는 검푸른 코린트(코린토스)만의 물결이 햇빛에 반사돼 현란한 반짝임으로 존재감을 나타내고 있다. 반면 파르나소스산 중턱에 있는 델포이 유적지들은 볼 수가 없다. 조금 더 가면 보일까 해서 절벽으로 다가갔지만 헛수고였다.

"그만 가요. 제발 위험한 짓 좀 하지 말라니까."

절벽으로 살금살금 기어가는 내게 아내의 불호령이 떨어졌다.

'조금 더 가면 볼 수 있고 그러면 좋은 사진도 찍을 수 있을 텐데. 왜 나만 가지고 그래.'

잔소리에 삐져서 내리막길에 속도를 내며 심통을 부렸다. 계곡에 지어진 집들과 배경이 되는 돌산이 어우러져 한 폭의 어여쁜 산수화 같다. 여러 색으로 버무려진 화려한 수채화가 아니라 먹을 풀어 잘 그린 수묵화 같은 풍광 덕분에 언짢은 기분이 풀어졌다.

고속도로에 오르자마자 첫 WC(water closet)에서 아내에게 운전을 맡기고 깜빡 졸았는데, 눈앞에 시커멓고 큰 바위 봉우리들이 멀리서 보이기 시작했다. 그리스 고속도로에는 휴게소보다 우리나라 졸음쉼터와 유사한 WC로 표시한 쉼터가 많은 편이다.

'벌써? 그러면 낮잠이 아니라 밤잠을 잔 건데….'

칼람바카 시내로 진입하자마자 아내와 운전 교대를 했다. 칼람바카 마을 뒤쪽으로 메테오라 바위 언덕에 인수봉 정도 크기의 봉우리 십여 개가 자리 잡고 있다.

빌라형 숙소를 이틀 전에 겨우 예약했는데 찾기가 만만치 않다. 구글 내비게이션이 가리키는 곳은 자그마한 동네 식당이다. 식당 뒤쪽으로 가파른 언덕 위에 게스트하우스 몇 채가 눈에 띄었다. 설마 구글 내비게이션이 실수를 한 걸까? 혹시 저곳은 아니겠지?

식당에 들어가 물어보니 잠시 기다리라며 자기 오토바이를 뒤따라오라고 한다. 내닫는 오토바이 뒤로 졸졸 쫓아가는데 골목이 비좁고 경사도 심해 운전하기가 여간 쉽지 않았다. 마침내 숙소에 도착했다. 안내를 마치고 시원하게 돌아서는 식당 아저씨에게 고맙다는 인사를 했다.

"ευχαριστώ(Efharisto)."

"You're welcome."

난 어렵게 외운 그리스어로, 식당 주인은 영어로 답하는 묘한 상황이 연출됐다.

우연히 잡은 최고의 게스트하우스

거대한 바위산 바로 밑에 있는 빌라형 숙소는 외벽을 빨간색과 노란색으로 단장해 이미지가 강해 보였다. 숙소 뒤 바위 무리는 원색의 집과 어울려 멋있지만 동시에 집을 덮칠 것 같은 약간의 두려움을 느끼게 했다.

경사진 언덕에 겨우 주차하고, 리셉션에 들어서니 금발의 우아한 중년 부인 엘레나가 반갑게 맞아줬다. 집을 찾는 과정이 어려웠을 거라며 외딴곳까지 와줘서 고맙다는 인사를 전한다.

오늘 우리가 묵을 게스트하우스 아르촌티코는 평점이 좋아서 몇 달 전부터 예약이 꽉 차는 숙소다. 3층 건물에 방이 6개뿐이다. 엘레나는 이틀 전 예약이 취소돼 운 좋게 내가 잡은 것이라는 부연 설명과 함께 묵직한 열쇠를 건네줬다.

고객 평점 만점의 숙소다웠던
아르촌티코 게스트하우스

2층으로 올라가 동(銅) 열쇠로 나무문을 여는 순간 감탄이 절로 나왔다. 정갈하고 안락한 침실과 거실, 샤워실까지 주인의 세심한 손길을 느낄 수 있었다. 아내도 최고의 숙소라고 엄지를 치켜세웠다.

방에 짐만 들여놓고 내려와 리셉션에서 일몰을 관람할 수 있는 포인트를 물으니, 지도를 꺼내 색연필로 표시하며 지금 서둘러

길을 나서야 일몰을 볼 수 있을 거라고 했다. 큰 바위산 사이로 난 길을 속도를 내어 전망대에 도착하니 이미 많은 사람이 명당을 차지하고 있었다.

서둘러 바위에 자리를 잡고 반대편 산으로 몸을 숨기는 해를 보면서 부지런히 사진을 찍었다. 문득 사진 한 장으로 이 일몰을 제대로 담을 수 있을지, 사진을 보는 사람에게 지금의 이 느낌을 그대로 전달할 수 있을지 의문이 들었다. 사진보다는 내 눈으로, 내 마음에 담기로 하고, 아예 사진 찍기를 접고 넋 놓고 해를 바라봤다.

해님이 산 아래로 얼굴을 감췄지만 후광으로 만들어진 노을 진 그리스 중서부를 남북으로 달리는 핀도스산맥이 잔잔한 아름다

일몰 뷰포인트에서 본 핀도스산맥으로 숨는 해. 오른쪽 아래로 성 니콜라스 아나파우사스 수도원이 보인다.

움을 뽐냈다. 노을을 보러 달려오느라 점심을 샌드위치로 때웠더니 몹시 허기가 졌다.

광장 근처 뒷골목에 주차하고 골목을 기웃거리다가 가장 붐비는 식당으로 들어섰다. 돼지고기스테이크와 수블라키(그리스 전통 꼬치 요리)에 시원한 맥주를 곁들였다.

식사 후 기념될 만한 것을 사려고 우리 부부는 기념품 상점을 돌아다녔다. 고작 산다는 게 아내는 냉장고에 붙일 마그네틱이고 난 길거리 화가들이 그린 소품이다. 우리와 같은 관광객만 있으면 기념품 가게는 다 망할 것 같다.

테살리아주 칼람바카는 한 바퀴 돌아보는 것도 잠깐이면 될 정도로 작은 마을이다. 희미한 달빛 아래 보이는 시커먼 바위들은 거인국의 술 취한 거인이 비틀거리다가 내게 엎어질 듯한 상상을 일으키게 했다. 페루 마추픽추에서 느꼈던 공포(?)를 오랜만에 또 느껴보는구나 싶다.

이곳은 관광 도시임에도 모든 상점이 정가로 운영하고 있다. 호객 행위도 없다. 이런 차분함을 유지하는 이유는 늘 마을을 지켜보고 있는 저 바위 덕분이 아닐까.

느긋하게 일어나 숙소에서 제공하는 아침 식사 차림을 보니 딱 먹을 것만 준비해놓은 세련됨이 돋보였다. 어디서 식사를 할 것인가 물어와서 약간 쌀쌀하지만, 정원에서 먹겠다고 하니 테이블과 의자를 옮겨 자리를 마련해줬다.

게스트하우스 정원에 차려진 깔끔한 아침 식사. 앞에 펼쳐진 바위군의 멋진 풍경이 입맛을 돋게 한다.

떠오르는 햇살에 반사되는 바위산은 어젯밤과 같은 무서움의 대상이 아닌 찬란한 햇빛을 받는 큰 금덩어리로 보여 부자가 된 기분이다. 이번 여행에서 아르촌티코를 선택한 게 가장 잘한 일 같다!

어제 도착했을 때 2층 테라스에서 책을 읽던 노부부가 옆 테이블에 앉아 있길래 인사를 하고 잡담을 나눴다. 그들은 보름째 머물고 있는데 이틀 후에 귀국하는 일정이다. 노부부의 여행 스타일이 나와는 아주 달라서 쉽게 이해 가지 않았지만, 이곳에 며칠 머물면 확실히 힐링은 될 것 같다.

우리 부부가 메테오라로 떠난다고 하자 엘레나는 문 앞까지 나와 잔잔한 미소로 배웅해줬다. 3층 발코니에서는 노부부가 우리에게 손을 흔들어주고 말이다.

하루 더 머물까 고민되는 순간이다. 이미 데살로니키호텔을 예약했고 호텔비까지 지불했으니 아쉬움을 안은 채 게스트하우스를 떠날 수밖에.

하늘에 매달린 중세 그리스 정교회 수도원

메테오라는 그리스어로 '공중에 떠 있는', '하늘 바로 아래'라는 뜻이다. 그리스에서 아토스산 다음으로 큰 수도원이 많이 밀집한 지역이다. 해발 300~600m의 거대한 바위 꼭대기에 수도원을 지어 '공중 수도원'이라고 불린다.

1453년 동로마 제국의 수도인 콘스탄티노플(이스탄불)이 오스만 제국에 함락된 후 기독교에 대한 핍박이 심해졌다. 그리스 정교회 수도사들은 이곳 바위 동굴로 숨어들어 수도 생활을 하면서 이상적인 은둔자의 모습을 보여주며 수도원을 건축했다. 15세기 말에는 절정에 달해 수도원을 24개까지 세웠으나 지금은 6개만 남아 있다.

맨 먼저 숙소인 카스트라키(그리스어로 '작은 성'이라는 뜻) 마을에서 가장 가까운 성 니콜라스 아나파우사스 수도원에 들르기로 했다. 도로 옆에 위치해 접근성은 좋은데 가파른 비탈길과 계단을 올라야 하는 어려움이 있다. 연로한 관광객들에게는 다소 외면받을 수 있는 수도원이다.

주차 후 입구에 오니 왼쪽은 비탈길, 오른쪽은 계단이라 잠시 망설였다. 어디로 올라야 힘이 덜 들까? 조금 더 걷고 힘들더라도 비탈길을 택했다. 결론부터 말하자면 이 선택은 완전히 잘못됐다. 아침이라 몸이 덜 풀린 데다가 비탈길이 가팔라서 더위 먹은 강아지

성 니콜라스 아나파우사스 수도원. 옥상 정원에 올라서면 정면으로는 카스트라키 마을과 핀도스 산맥이, 뒤편으로는 큰 바위군이 장관을 이룬다.

지금도 운행하는 기중기

처럼 헉헉거리고 말았다. 계단으로 먼저 올라와 기다리던 아내의 눈빛이 왜 저리 미련스럽게 사는지 하는 것 같다.

할딱거리는 숨을 고르며 주위를 살피니 방금 도착한 조그만 광장부터 수도원으로 올라가는 계단이 보였다. 사진으로 봤던 수도원의 운송 수단인 기중기에 달린 나무 상자도 눈에 띄었다. 나무 상자는 수직 절벽 위 수도원에 밧줄로 연결돼 있다. 지금도 이 나무 상자를 이용해 바위 꼭대기에 있는 수도원으로 수도사나 생필품을 운반한다. 예전에는 도르래를 이용해 인력으로 끌었으나 지금은 전기 모터로 쉽게 끌어올리고 있다.

바위 옆으로 난 계단을 올라 수도원 입구에서 표를 샀다. 수도사가 직접 표를 팔면서 복장이 불량한(?) 여성에게는 다리를 가릴 수 있는 치마를 잔잔한 미소와 함께 전해준다.

처음 만난 공간은 겨우 한 사람이 들어갈 수 있는 1인 기도실이다. 촛불 빛 때문인지 분위기가 엄숙했다. 2층 예배실은 돔과 돔을 받치는 기둥, 프레스코화가 사방에 그려져 있다. 그리스도, 예수를 안고 있는 성모 마리아, 성인이 된 그리스도와 여러 성인, 성 니콜라스 아나파우사스 수도사, 아담이 동물들에게 이름을 지어주는 성화가 벽에 빼곡하다. 예배실 한쪽에 촛불을 켜고 기도하는 관광객들로 분위기가 제법 경건했다. 나도 촛불 하나를 켜고 남은 일정의 무사함과 고국에 있는 친지들의 건강을 기원했다.

어두침침한 동굴 수도원에서 빠져나와 옥상 정원에 올랐다.

중앙에는 그리스도를, 주위에는 제자와 성인들을 그린 예배실 천장화. 오래돼 채색에서 기품을 엿볼 수 있다.

성소와 벽을 장식한 이콘. 최근에 보수한 이콘과 색 바랜 이콘이 섞여 있다. 신구의 조화라고나 할까.

16세기에 형성된 카스트라키 마을이 정면으로 내려다보이고 뒤편 산 위로는 단단한 바위가 병풍처럼 두르고 있다. 바위들은 하나하나 특이하다. 커다란 구멍이 숭숭 뚫린 기이한 모습의 바위도 많다.

정원 한쪽에는 십자가가 서 있고, 좌우로 그리스 국기와 비잔틴 제국의 상징인 쌍두 독수리가 그려진 그리스 정교회 깃발이 바람에 펄럭였다. 정원 그늘에 앉아 내려다보는 경치와 시월의 시원한 바람이 경사가 급한 계단을 올라오며 흘렸던 땀과 잡념을 떨쳐 보내는 데 충분했다.

산허리를 돌아 언덕길을 조금 오르면 오른쪽으로 자그마한 수도원이 보인다. 수녀원으로 쓰이는 루사노 누네리 수도원이다. 일설에 의하면, 현존하는 수도원 6개 가운데 최초로 지어졌다고 한다. 좁은 바위에 지어진 가장 작은 수도원이기도 하다.

절벽을 따라 정갈한 대리석 계단을 오르다 보면 군데군데 벤치가 있고, 그 옆에는 복장에 관한 안내판이 있다. 길 중간에서 갈림길에 접하는데 한 곳은 수녀들이 주거하는 지역으로 철문이 굳게 닫혀 있다. 수도원에는 촛불 켜는 곳, 기도실, 예배실, 벽에 그려진 이콘들이 있다. 옥상에는 십자가, 그리스 국기와 정교회 깃발이 나부끼고 있어 조금 전 방문했던 성 니콜라스 아나파우사스 수도원 축소판처럼 보였다.

이곳은 메테오라 중앙에 있어 전면으로는 성 니콜라스 아나파우사스 수도원과 카스트라키 마을이, 좌우로는 바를람 수도원과 아기아 트리아스(성삼위) 수도원이 올려다보인다. 건물의 정원이 아름다운 것은 여성의 세심한 손길 덕분인 것 같다. 수녀 거주 지역이라 그런지 촬영을 금지하는 곳이 많은 게 좀 아쉬웠다.

수도원 두 곳에서 발만 보고 오를 정도의 가파른 돌계단을 올랐으니 아내도 힘들 만한데 내색하지 않는 모습이 애처로웠다.

"다니다가 힘들면 이야기해. 이 정도로 힘들어하면 다음 장기간 여행은 나 혼자 다니고."

"걱정 말아요. 아이슬란드와 발트 3국에서 한 달도 끄떡없었어요."

수도원 세 곳을 굽어보는 바를람 수도원

메테오라 수도원 전체의 행정을 총괄하는 메테오른 수도원(대 메테오라 수도원)을 가려면 바를람 수도원을 지나야 한다. 우리는 메테오라에서 두 번째로 큰 바를람 수도원부터 들르기로 했다. 주차장에 도착하니 여기가 관람 포인트로 최적지인 것 같았다. 눈 아래로 옅은 구름이 바위기둥을 살짝 감았다가 없어지고 좌우로는 루사노 누네리 수도원, 아기아 트리아스 수도원, 메테오른 수도원이 보인다.

잠시 바위에 걸터앉아 경치를 보며 1517년에 지어졌다는 바를람 수도원을 살펴봤다. 여기도 만만치 않게 절벽을 올라야 한다. 지도를 보는 척하며 슬쩍 아내 눈치를 보는데 무덤덤하다. 다행이다. 일어서는데 다리가 빼근한 게 정상적인 상태는 아닌 듯했다. 아마 델포이 언덕의 유적지들을 샅샅이 뒤진 고된 등산의 피곤이 풀리기도 전에 더 가파른 계단 오르기를 했으니 당연한 것 아니겠나.

두 바위 사이 낭떠러지를 연결한 다리를 건너는데 밑을 내려다보니 현기증이 났다. 오래전 이 다리가 없을 때는 다리에서 정면으로 보이는 기중기에 브리조나(그리스어로 '망태기'라는 뜻)를 매달아 오르내렸단다. 바람이 심하게 불거나 연결된 줄이 끊겨 종종 인명 피해도 있었다.

고소공포증이 있는 아내는 내 팔짱을 꼭 끼고 앞만 보며 다리 중앙으로 조금씩 조금씩 발을 내디뎠다. 깎아낸 절벽 사이의 입구를 지나니 이번에는 절벽을 깎아서 만든 계단 길에 낮은 돌담을 쌓은 마치 잔도 같은 길을 따라 195개 계단을 올라야 한다.

대부분 관광객이 중간에 몇 번을 쉬며 어렵게 도착한 입구에 다다르면 수도사가 숨 고를 틈도 주지 않고 손을 내밀며 말한다.

"입장료는 4유로입니다."

당연한 일을 하는 것이지만 얄밉다는 생각이 든다. 계단 오르느라 진이 빠져 있는데 조금 기다렸다 받으면 안 되나? 너무 야박해 보인다.

바를람 수도원은 3층 구조물이고 다른 수도원과 다르게 돔이 2개다. 내부 구조는 주위에 있는 수도원과 유사하지만, 기도실, 예배실, 박물관, 쇼핑센터까지 갖췄다. 나무로 떠받친 예수 생애를 그린 천장화는 습기를 견디다 못해 일부 손상되기도 했다. 벽에는 성인들의 순교 장면, 천사 셋이 인간을 심판하는 장면 등이 파노라마처럼 이어진다.

이곳은 와인 1만 6,000톤을 저장했던 오크통과 빗물을 저장했던 우물터가 유명하다. 두 곳 모두 헌금통을 마련해놓아 관광객으로부터 기부금을 받고 있다. 물론 이 기부금은 수도원을 보수하고 유지하는 데 쓰인다. 2016년에 왔을 때 지저분했던 화장실도 깨끗하고 출입문도 자동문으로 바뀐 것을 보고 놀랐다. 기부금의 위력인가 보다.

가파른 계단을 스틱 없이 내려오다 보니 무릎은 욱신거리고 셔츠는 땀으로 흠뻑 젖었다. 산 아래서 부는 바람이 제법 차다. 잽싸게 겉옷을 덧입고 차로 2~3분 거리의 메테오른 수도원으로 향했다. 14세기 중반에 지은 이 수도원은 해발 613m에 있다. 가장 높은 곳에 있는 가장 큰 규모의 가장 오래된 수도원이다. 성인 아타나시우스가 주변 다른 바위보다 높아 '메테오라'라고 명명함으로써 이 지역 이름이 그리 불리게 됐다.

주차장에서 잘 만들어진 계단을 밟으며 한참을 내려가면 판에 크라이시(회개하기 전 급사한 영혼을 위로하려고 지은 작은 집)가 있다. 그리고 다리를 건너면 까마득한 절벽에 기중기가 놓여 있다. 왼쪽 계단을 올라 바위를 뚫어 만든 굴을 지나서 바위 절벽을 따라가면

바를람 수도원

오래전에 채색한 흔적이 있는 예배실 정문의 그리스도 이콘

바를람수도원박물관. 금박에 화려한 색채의 오리지널 이콘으로 성모 마리아가 아기 예수를 안고 있는 모습이 보인다.

된다. 다시 계단 146개를 디디고 올라서야 메테오른 수도원 입구에 다다를 수 있다.

"그래도 여기가 볼 게 많은데 힘들어도 가지?"

"힘들기도 하고 세 곳 모두 비슷비슷해서 더 보고 싶은 마음이 없어요. 당신 혼자 다녀와요. 올라가서 은혜 많이 받고요."

하는 수 없이 나 혼자 잰걸음으로 계단을 올랐다. 나이 지긋한 관광객들이 계단 한쪽에 앉아서 "하이!", "헬로!", "굿 모닝!" 등 다양한 인사를 건네며 날 부러운 눈으로 바라봤다.

입구가 보이는 곳에서 잠시 숨을 고르며 주변을 살피니 바를람 수도원, 아기아 트리아스 수도원, 루사노 누네리 수도원이 보인다. 다리 옆에 앉아 있는 아내도 저 멀리 보였다.

입구에 있는 아타나시우스의 기도실이 폐허처럼 을씨년스럽다. 12면 돔을 기둥 4개가 떠받치는 넓은 대예배실은 다른 수도원에서 보지 못했던 이콘이 새겨진 샹들리에가 밝히고 있다. 대예배실 입구에는 열두 제자 이콘이, 성소에는 자개로 치장한 주교 의자와 화려한 색의 이콘들이 있다. 성모 마리아, 요르단강(요단강)에서 세례를 받는 예수, 가브리엘과 대천사, 성인들이 순교 당하는 끔찍한 장면 등 벽화가 빽빽하게 채워져 있다.

오래전 많은 수도사를 위한 식사를 준비하던 넓은 식당은 지금 박물관으로 사용하고 있다. 역시 기부금 통이 비치돼 있다. 기중기를 설치한 탑에는 사람이나 물건을 담는 망태기, 기중기를 끌어 올

메테오른 수도원. 계단을 올라 좁은 바위굴을 통과하면 가파른 계단이 기다리고 있다.

수도원 입구의 판에크라이시와 잘 다녀오라며 손을 흔드는 아내

메테오른수도원박물관의
이콘 '아기 예수의 탄생'

메테오른수도원박물관의
이콘 '최후의 만찬'

리는 도르래가 비치돼 있는데 지금은 물건을 옮길 때만 전기 모터를 이용하고 사람은 케이블카로 이동한다. 수도사들도 계단 오르내리는 게 꽤 힘에 부치지 않겠나.

박물관은 성물들과 성화들을 유리 벽을 설치해 전시하고 있었다. 내가 사진을 부지런히 찍고 있는데 지킴이가 촬영하면 안 된다고 제지했다. 깜짝 놀라 죄송하다고 사과하며 유리 벽이라서 무심코 사진을 찍었다고 변명했다. 지킴이는 카메라 플래시를 터트리는 관광객 때문에 유물이 손상될 수 있으므로 촬영을 금지한다고 설명해줬다.

박물관에 전시한 이콘들은 원본 그대로이고, 예배실 등 교회 벽에 그려진 이콘들은 새롭게 단장해놓은 것이다. 관광객 입장에서 성화들을 선명하게 볼 수 있어 좋기도 했지만, 한편으로는 상업적인 냄새가 짙어 아쉬웠다. 내려오는 길에 돌담에 앉아 있는 아내를 불러 망원렌즈를 당겨서 사진을 찍어주며 오래 기다리게 한 미안함에 아부를 떨었다.

관광지가 된 수도원을 떠나는 수도사들

공중 수도원이란 이름에 걸맞은 아기아 트리아스 수도원을 찾아가다 보니 길가에 무단 주차한 차들이 많아

우리도 덩달아 차를 세웠다.

앞서가는 사람들을 따라 오솔길로 접어들었는데 지도에 표시된 전망대보다 경치가 좋았다. 관광지는 거의 외진 곳이라 아내와 둘이서 함께 찍은 사진이 거의 없는데, 여기서는 주위 사람들에게 부탁해 모처럼 우리만의 사진을 몇 장 건질 수 있었다.

영화 007시리즈 〈유어 아이스 온리〉(1982) 촬영지로 유명한 아기아 트리아스 수도원은 입구 표시가 애매해 지나치기 쉽다. 주차장에서 수도원 입구로 가려면 오솔길을 걸어야 한다. 길 따라 쌓은 돌담에 돌탑이 여럿 보여 나도 자그마한 돌 하나를 조심스럽게 올렸다. 그리스에서의 남은 일정을 무사히 마치고 건강하게 귀국할 수 있도록 해달라고 기도했다.

1475~1476년에 수도사 도메티우스가 지은 아기아 트리아스 수도원(성 트리니티 수도원)은 가장 접근하기 어려운 곳이다. 이 수도원은 교회 2개가 있는데 입구로 들어서자마자 은둔하는 수도사의 거주지로 보이는 성 요한의 작은 교회가 우리를 반겨줬다.

봉안당 벽에 그려진 이콘들, 잘 가꾼 정원, 유리창이 있는 탑을 볼 수 있다. 옥상 정원에 오르니 칼람바카 시내와 그 뒤로 데살로니키 평원이 한눈에 들어온다. 마치 우주선을 타고 내려다보는 듯한 착각을 일으키게 한다.

바위에 앉아 경치를 바라보면 수도사들이 수행하며 받은 스트레스를 날려버릴 수 있을 것 같다. 이곳은 방문객이 별로 없어 분

독사진은 많은데 아내와 같이 찍은 사진은 하늘에서 별 따기다. 뷰포인트에서 만난 관광객과 '서로 찍어주기'로 얻은 사진이다.

메테오라(공중에 떠 있는)의 진수를 보여주는 아기아 트리아스 수도원

위기가 조용했다. 아마도 올라오는 계단을 보고 지레 겁을 먹었거나 전망대에서 수도원을 배경으로 메테오라 인증 사진을 찍는 게 더 멋져서일 것 같다.

1367년에 지어진 아기오스 스테파노스 수도원(성 스테파노 수도원)은 메테오라 가장 동쪽에 있고, 계단이 없는 유일한 곳이다. 도로에서 다리로 건너기만 하면 접근할 수 있는 이 수도원은 주차장이 넓은데도 주차하기가 쉽지 않다.

외관이 빼어날 뿐 아니라 수도원 내부도 깔끔하다. 유럽의 작은 마을에 온 듯한 착각을 일으킬 정도로 근사해서 늘 많은 관광객으로 붐빈다. 1961년 수녀원으로 바뀌면서 출입 제한 구역이 많아지기는 했지만, 수도원 곳곳에서 수녀님들의 세심한 손길을 느낄 수 있다.

이 수도원은 14세기 초 팔라이올로고스 왕조(비잔틴 제국의 마지막 왕조)의 안드로니코스 2세가 방문했던 유일한 곳이다. 그리스도 고난 이콘, 성인 전신 이콘, 대천사 가브리엘과 미카엘이 설립자들과 나란히 있는 이콘 등을 만날 수 있다. 자개로 치장한 주교 의자도 있다. 특히 아기오스 스테파노스 두개골을 안치한 성소 제단 위의 나무로 정교하게 조각한 성함(성체를 모셔두는 뚜껑 달린 나무 상자)이 눈에 띄었다.

이곳도 넓은 식당을 개조해 박물관으로 사용하고 있었다. 그 옆에는 큰 쇼핑센터가 있는데 메테오른 수도원과 비슷하게 상업적인

외관이 아주 아름다운 아기오스 스테파노스 수도원

아기오스 스테파노스 수도원의 '수난의 그리스도' 이콘

분위기가 진했다. 그래서인지 가장 부유한 수도원이라고 한다.

수도원 여섯 곳을 모두 돌아보고 나니 어디에 뭐가 있었는지 머릿속에서 뒤섞여 뱅뱅 도는 것 같았다. 전부 보기보다는 아내처럼 처음 수도원 세 곳만 보고, 수도원 아래 멋진 곳에 자리를 잡아 쉬면서 주변 경관도 감상하고 사진을 찍는 편이 훨씬 효율적이지 않았나 싶다.

하나님과 조금이라도 가까운 곳에서 교감하고 싶은 마음으로 지은 공중 수도원이 유명 관광지가 됨으로써 진정한 수도사들은 더 깊은 어딘가를 찾아 떠나고 있나고 한다.

많은 이콘이 원래 모습이 아니라 찾아오는 관광객들을 위해 마구잡이(?)로 치장하는 것 같아 안타까웠다. 2016년에 왔을 때는 비록 색이 낡고 바래서 볼품이 없어 보이는 듯하지만, 각 이콘만의 기품이 있었는데 말이다. 과연 어떤 게 옳다고 할 수 있을까.

아시아와 유럽 경계에 있는 조지아 게르게티 트리니티 교회

캅카스산맥을 넘어 츠민다 마을로 가는 길

새벽녘 천둥과 번개를 동반한 대찬 소낙비로 일정을 걱정하느라 잠을 제대로 자지 못했다. 비몽사몽 중인데 사이키 조명 같은 강한 햇살이 잠을 깨운다. 다행히 오늘 일정은 문제없을 것 같다.

비가 그치지 않았으면 카즈베기산에 위치한 게르게티 트리니티 교회(츠민다 사베다 교회 또는 성 삼위일체 교회)를 들르지 못할 수도 있었다. 수도원이나 교회를 방문할 때마다 한 기도에 대한 하나님의 응답이 아니었을까 하고 몇 초 동안의 짧은 기도에 의미를 부여해본다.

에어컨을 켜는 대신 창문을 살짝 열어놓고 잤더니 밤새 찬 산바람을 쐰 탓인지 목이 잠기고 몸 상태가 좋지 않다. 유럽인들의 휴양지로 불리는 보르조미 국립공원에서 산길을 달려와 묵은 구다우리는 고원 지대라서 8월임에도 제법 쌀쌀했다.

여름 감기는 개도 안 걸린다는데 좀 더 누워 있으려 해도 해님이 나오라고 유혹을 한다. 호텔 정원으로 나오니 발밑으로 구름이 깔렸고, 구름 사이로 간간이 마을이 보인다. 신선이 된 듯한 기분으로 호기롭게 신선한 공기를 들이마셨다.

이곳은 해발 약 2,300m다. 사방으로 높은 산들과 만년설을 뒤집어쓴 봉우리들이 보인다. 한여름에도 눈을 볼 수 있으니 겨울에는 얼마나 많은 눈이 쌓일까. 그래서 이 리조트는 여름보다는 겨울에 스키를 타러 오는 유럽인들에게 더 많이 알려졌나 보다.

높은 산들은 울창하기보다 잡목으로 구성돼 있어 얼핏 민둥산 같아 보이지만 간간이 키 큰 나무들의 군락지도 있다. 이래서 유럽 사람들이 이곳을 '작은 알프스', '저렴하게 즐길 수 있는 알프스'라며 최고의 휴양지로 선호하나 보다.

오늘 방문할 카즈베기(조지아어로 '얼음산'이라는 뜻)는 러시아 국경에서 15km 떨어져 있다. 구다우리에서는 1시간쯤 걸린다. 지금 우리가 달리는 조지아 군사도로는 러시아가 튀르키예와 전쟁을 하기 위해 1863년에 건설했다. 수도인 트빌리시부터 러시아 국경까지 무려 213km나 된다.

구다우리 전망대

가파른 산 위에 점점이 보이는 양 떼. 양치기가 그 옆을 지키고 있다.

이 군사도로는 무척 험준한데 예전에는 유럽과 아시아를 잇는 실크로드의 주요 무역로로 이용했던 길이다. 창밖으로 보이는 하늘은 곧 비를 내릴 듯 잔뜩 심통을 부리고 있는데, 원색의 패러글라이더가 창공을 날고 있다.

시선을 따라가다 보니 가파른 절벽 위에 빨강과 파랑 등 강렬한 색으로 만든 구조물이 보인다. 저 촌스러운 조형물은 뭘까? 일명 '구다우리 파노라마 전망대'다.

이 기념비는 1783년 게오르기예프스크조약을 기점으로 그루지야(지금의 조지아)와 러시아 사이의 우정 200주년을 기념하기 위해 1982년에 지은 것이다. 구소련을 매우 싫어하는 조지아 국민에게는 인기가 없고 관광객들이 주로 찾는 곳이다.

아름다운 산 중턱에 어울리지 않는 조형물을 지어주며 얼마나 생색을 냈을까? 미운 건 미운 거고 여기까지 왔으니 봐야겠지만 곧 비가 쏟아질 듯해 교회를 먼저 보고 되돌아오는 길에 들르기로 했다. 낡디낡은 버스가 힘겨워하는데 차창 밖으로 2,384m라는 정상 표지석이 보였다.

천천히 달리는 버스 덕분에 캅카스(코카서스)산맥 고봉들의 만년설과 가파른 산 위에 점점이 보이는 양 떼, 도로 옆에서 무게를 잡고 있는 소들의 목가적인 풍경에 눈이 호강했다. 가까스로 고개를 넘으니 내리막길이라 달릴 만한데 차가 밀려서인지 버스가 속도를 내지 못했다.

얼마 전 폭우가 내려 유실된 다리 공사로 인해 한참을 기다리다가 겨우 통과해서 내려왔는데 이번에는 컨테이너 트럭들로 도로가 꽉 막혀 있다. 이런 시골길에 교통체증이 웬일인지 모르겠다. 러시아 국경 초소에서 예고 없이 국경을 폐쇄하거나 검색을 강화하면 조지아에서 물건을 싣고 러시아로 가는 컨테이너 트럭들로 이렇게 막힌단다. 하루 넘게 기다릴 때면 기사들끼리 모여 밥을 해 먹기도 한다는데 설마 오늘이 그날은 아니겠지?

운전기사가 하차해서 여기저기 알아보더니 전방 4km까지 도로가 이런 상태라며 천천히 역주행한다. 맞은편에서 차가 오면 요령껏 갓길로 피했다. 관광객을 태운 버스라서 그런지 맞은편에서 오는 차들도 빵빵거리지 않았다. 부딪힐 듯한 좁은 길을 무사히 지나치며 안전 운전하라고 서로 인사를 하는 모습을 보며 짜증 대신 낮잠을 청했다.

얼마를 잤는지 신나게 달리는 듯한 느낌이 들었다. 그 뒤로 버스는 20여 분을 더 달려 스테판츠민다 마을에 도착했다. 산 정상의 교회로 가려면 사륜구동차를 타야 한다. 막간을 이용해서 마을 주변을 돌아다니다 보니 골목마다 강아지들이 반겨준다. 어떤 골목에서는 난데없이 소가 길 한가운데에 떡하니 버티고 있다.

마을을 가로지르는 시냇물을 건너 동네 골목을 누비며 사진을 찍는데 어떤 녀석이 내 다리에 자꾸 물을 묻히는 것 같았다. 뒤를 돌아보니 몸집이 큰 백구가 꼬리를 치며 놀아달란다. 백구 눈꼬리가 처져서 그런지 눈매가 선해서 안심이 됐다. 한국산 사탕 맛이나 보라고 하나 줬더니 한입에 꿀꺽해버렸다.

조지아에서 성당이나 광장 또는 박물관에 들르면 으레 덩치 크고 귀티 나는 떠돌이 개들을 많이 만났다. 이 녀석들은 사람을 만나도 적개심을 나타내지 않고 오래전에 만났던 친구처럼 반긴다.

아주 소박한 조지아 최고의 교회

그때 내 이름을 부르는 소리에 귀를 기울이니 아내 목소리가 분명하다. 사륜구동차가 도착했는데 내가 보이지 않아 한참을 찾았다면서 한소리를 듣고 말았다. 이 마을에서 해발 2,107m 언덕의 성당까지 거리는 약 10km다. 트래킹이나 지프로 올라갈 수 있는데 차를 이용하면 20분 정도 걸린다.

"아이코, 사람 잡네."

"천천히 좀 달려요."

마을 어귀를 벗어나 산길에 들어서자마자 동승한 사람마다 한마디씩 한다. 그만큼 산세가 험한 곳을 우리가 차로 올라가고 있다는 뜻이다. 늦게 나타난 죄(?)로 앞자리에 탑승한 난 뒷자리에서 "아이고!" 할 때마다 기사와 은근한 눈웃음을 교환하며 재밌어 했다.

가파른 고개를 오니 갑자기 나타난 평원 끝자락에 오늘의 주인공이 보인다.

하산 걱정을 미리 할 정도의 경사진 고개를 어렵게 오르니 확 트인 평원에 비포장이지만 잘 다듬어진 도로가 교회가 있는 봉우리 밑까지 일직선으로 뻗어 있다. 밑에서 볼 때와는 전혀 다른 세상이다.

게르게티 트리니티 교회는 14세기에 지어졌으며 전란이 있을 때마다 트빌리시와 므츠헤타 등에서 성물을 옮겨 숨겨놓았던 곳이다. 유네스코 문화유산에 등재돼 있다.

평지가 시작되는 언덕에 십자가가 세워져 있는데 교회로 성물을 옮길 때 우선 이 십자가에 신고식을 하고 교회로 가지 않았을까? 이 언덕에서 쉐키산맥의 고봉들을 배경으로 자그마해 보이는 게르게티 트리니티 교회는 비구름이 낮게 앉은 하늘에서 한 줄기 빛이 내려와 신비로움이 더욱 빛을 발했다.

난 사진을 찍을 겸 평지 초입에서 내려 십자가부터 교회까지 걸어가기로 했다. 교회로 가는 너른 평지를 걷다 보니 말들이 말뚝에

본당과 종탑 건물로 나뉜 이 교회의 내부 사진은 찍을 수 없다.

이 문을 지나면 본당인데, 반바지와 짧은 치마 차림으로는 출입할 수 없다.

매여 있는 게 보였다. 일부 관광객들은 걷지 않고 이 말을 타고 이곳에 왔나 보다. 사람을 등에 지고 가파른 길을 올라와서인지 말들이 지쳐 보여 안쓰러웠다.

우뚝 솟은 봉우리에 있는 교회는 두 동으로 나뉜다. 교회 본당은 종탑 출입문을 통해서만 들어갈 수 있다. 이곳은 짧은 치마와 반바지 차림으로는 출입할 수 없고 머리에는 스카프를 둘러야 한다. 준비되지 않은 여성 방문객을 위해 입구에서 치마를 빌려주기도 한다.

내부로 들어서니 기둥 없는 휑한 공간의 한 벽면에 예수 성화와 그것을 비추는 촛불 몇 개만이 덩그러니 있다. 구름 낀 날씨라 중앙 돔에 설치한 창문이 빛을 담지 못해 실내는 조금 어둠침침했다. 조지아 최고의 교회라는데 아주 소박했다. 크고 화려한 것을 기대하던 내 속물근성을 반성하며 벽면에서 나를 쏘아보는 예수님 뵙기가 쑥스러워 도망치듯 나왔다.

교회 뒤꼍은 깎아지르는 듯한 낭떠러지다. 어떤 안전장치도 없어 위험해 보이는데 이곳에서 떨어져 천당으로 승천했다는 소리는 들어보지 못했으니 이게 바로 주님의 보살핌이겠지. 산 아래 협곡 사이로 제법 큰 개울이 흐르고 있고, 더 멀리 보이는 마을들은 평화로웠다.

구름을 발밑에 깔고 마을을 내려다보니 아침에 구다우리 리조트에서 느꼈던 것처럼 신선이 다시 된 듯했다. 산 아랫마을을 병풍

본당과 종탑 머리가 보이는 게르게티 트리니티 교회

샤니산에 둘러싸인 마을이 어머니의 품처럼 아늑해 보인다. 구름 저 뒤로는 프로메테우스가 절벽에 매달려 있던 카즈베기산이 있다.

처럼 아늑하게 싸고 있는 샤니산은 해발 4,451m로 꽤 높지만, 워낙 높은 산들이 많아 상대적으로 작아 보였다.

저 멀리 구름 사이에 숨어 수줍어하는 만년설의 고깔모자를 쓴 산이 해발 5,070m의 카즈베기산이다. 캅카스에서 가장 아름다운 산봉우리로 꼽힌다. 온라인 자료로 접했을 때는 남성미가 물씬 풍겼는데, 구름이 짙게 드리워 이 산을 만나지 못하는 건 아쉽지만 다음으로 미뤄야겠다.

프로메테우스는 제우스 몰래 인간에게 불을 전달하고 사용법을 알려준 탓에 제우스에게 미운털이 박혔다. 그래서 코카서스 절벽에 매달려 낮에는 독수리에게 간을 쪼아먹히는 고통을 겪고, 밤에는 손상된 간이 회복돼 죽지 않는 고통이 계속되는 벌을 받았다. 카즈베기산은 바로 그 신화를 품은 산이다. 그러나 제우스의 아들 헤라클레스가 간을 쪼는 독수리를 죽여 프로메테우스의 고통을 풀어줬다. 신화는 신화일 뿐 믿거나 말거나다.

교회에서 계단을 통해 식수대로 내려오니 마셔도 된다는 표지판이 있었지만, 얼굴과 손만 씻고 입술을 축였다. 여행하면서 가장 조심해야 할 게 물갈이에서 오는 고통이다. 식수라는 친절한 안내도 무시하고 물 맛보기를 포기했다.

그러나 많은 사람들이 무슨 성수를 만난 듯 엄청 마시고 심지어 물병에 받아가기까지 한다. 이 높은 산중에 어떻게 이 식수대에서 물이 콸콸 나오는지 궁금하다. 예수님이 행한 기적일까?

모든 방문객에게 무한 제공하는 생수 근처에 헌금함이 있다. 잊지 말고 꼭 넣고 가라는 이야기 아니겠어?

건너편 언덕에서 본 게르게티 트리니티 교회

교회 전체를 찍기 위해 건너편 작은 돌무더기 언덕으로 갔다. 말 두서너 마리가 눈을 동그랗게 뜨고 쳐다본다. 사진을 찍다 보니 기대가 커서 그런지 시골의 작은 교회와 같이 소박한 모습에 약간 실망스럽다는 생각이 다시 들었다. 목숨 걸고 올라왔는데 너무하는 것 아닙니까?

비바람을 맞으며 돌아본 구다우리 전망대

내려올 때는 미안해서 앞자리를 다른 사람에게 양보했다. 그런데 앞자리에 탔던 사람이 하산길이 너무 가팔라서 차가 전복될까봐 엄청 무서웠다고 한다.

마을 입구에 도착할 즈음 베트남 우기의 스콜처럼 손가락 굵기만 한 소낙비가 쏟아졌다. 우산도 우비도 모두 버스에 있어 맨몸으로 비를 쫄딱 맞으며 식당으로 뛰어 들어갔다. 물에 빠진 동양 쥐, 서양 쥐, 한국 생쥐 모두 서로의 몰골을 보며 어이없는 웃음만 주고받았다.

여름이지만 고산 지대라서 그런지 한기가 제법 몸을 파고든다. 따뜻한 수프로 시작한 점심은 시골 식당답지 않게 정갈하고 맛도 일품이다. 비를 맞은 뒤 마시는 우리네 소주가 아주 달다.

매주 예배를 보기 위해 2~3시간을 걸어갔던 오래전 조지아 정

독특한 모자이크 그림을 채워놓은 구다우리 전망대

교회 교인을 생각하며 자동차로 편하게 올라갔다 온 주제에 이런 저런 불평을 하는 부족한 마음을 술 한잔에 흘려보냈다. 아마도 그들은 예배를 보러 산을 오르면서 일주일간의 반성과 참회 시간을 가짐으로써 예배 전에 이미 죄 사함을 받지 않았을까.

'감사합니다. 여기까지 와서 비 때문에 저 위에 있는 교회에 가지 못했으면 하나님을 미워할 뻔했습니다.'

버스를 타고 왔던 평지를 지나 경사진 언덕길로 접어들자 세찬 소낙비가 다시 쏟아졌다. 와이퍼로 부리나케 빗물을 쳐내도 앞이 잘 보이지 않을 정도인데 버스 기사는 속도를 줄이지 않고 잘도 달리고 있다. 산 위의 양 떼와 소 떼는 비를 맞으면서도 땅에 머리를 처박고 뭘 하는지 도통 움직이질 않는다. 그래도 목동들은 어디로 몸을 피했는지 보이지 않았다.

아까 지나쳤던 구소련이 건설한 구다우리 전망대가 다시 보였다. 비를 맞으며 꼭 봐야 할까? 순간의 망설임을 뒤로하고 얼른 비옷을 챙겨 입고 버스를 나섰다. 8월인데 산 아래서 불어오는 칼바람이 반바지를 입어 노출된 다리와 비를 맞아 젖은 셔츠로 파고들면서 참기가 힘들 정도로 춥다.

그렇다고 사진을 포기하고 돌아갈 내가 아니지. 비바람을 맞으며 구다우리 전망대로 갔다. 중앙에 조지아의 황금기를 이끈 타마르 여왕, 조지아 국명이 된 성 지오르지오가 창으로 용을 찌르는 장면 등 조지아의 문화와 역사를 원색 모자이크 타일로 표현했는데 조금은 조잡스러웠다.

소련이 구다우리 전망대를 자선 사업을 목적으로 지은 건 아닐 것이다. 어찌 보면 큰돈을 들이지 않고 생색내기에는 아주 안성맞춤인 건물 같았다. 나처럼 세계 각국에서 오는 관광객 모두가 소련이 지어준 걸 기억할 테니까.

이왕 온 김에 제대로 보고 싶어 전망대 뒤쪽으로 발걸음을 옮겼다. 탁 트인 풍광이 캅카스산맥의 웅장함을 새삼 느끼게 한다. 아침에 이곳을 지나치면서 봤던 패러글라이딩은 지금 비바람이 심

노랗게 물든 해바라기

해 탈 수는 없지만, 날씨가 좋을 때는 강하게 부는 바람을 등에 업고 쉽게 하늘로 날아오를 것 같았다.

돌풍이 불어 한기를 더는 참지 못하고 버스로 돌아오는데 도로 옆에서 꿀, 액세서리, 양털모자 등을 파는 상인들이 비를 피하려 덮어놓은 비닐을 들어 올리면서 물건을 사라고 길을 막아섰다. 빗속에서도 물건을 팔아야 하는 심정은 알겠지만, 비에 젖어 입술이 새파래진 날 잡고 물건을 사라고 겁박(?)하니 부아가 치밀었다.

그러거나 말거나 냅다 버스에 올랐다. 버스 안이 후덥지근한지 안경에 김이 서려 아무것도 보이질 않았다. 급한 김에 우비를 입고 탔는데 마땅히 벗을 곳도 없었다. 다시 내려서 우비를 벗어 빗물을 탁탁 털고 버스에 오르니 물에 빠진 생쥐 꼴이다.

다행히 맨 뒷자리라서 눈치를 보며 윗옷을 벗은 다음 젖은 몸을 수건으로 닦고 마른 옷으로 갈아입을 수 있었다. 그래도 몸이 으슬으슬해 패딩 점퍼로 몸을 감쌌다. 차에 표시된 외부 온도는 영상 10도다. 한여름인데 영상 10도라니 참!

비바람을 맞으며 객기를 부린 결과는 처참했다. 트리빌리로 가며 볼 수 있는 아름다운 경치는 제쳐 두고 감기 기운으로 컨디션이 급격히 가라앉아 병든 닭처럼 꾸벅꾸벅 졸았다. 어느덧 도착한 호텔 앞마당의 해바라기들이 날 반기며 웃는다.

"가마르조바(안녕)."

해바라기들이 환영해준 덕분에 오늘의 피로가 풀리는 것 같았다. 마들로바(고마워)!

아메리카 대륙 최대의 피라미드, 멕시코 테오티우아칸

고대 도시로 가는 여정의 동반자, 산체스

"쾅쾅!"

산체스의 문 두드리는 소리에 겨우 눈을 떴다. 어제저녁 쿠바에서 시가를 사서 들어오다가 멕시코 세관원과 실랑이를 벌이느라 피곤해서 기절했었나 보다.

"무슨 일이야?"

"9시가 넘었는데 아직도 자고 있으면 어떡해요?"

"맞다, 테오티우아칸에 가기로 했지. 미안한데 로비에서 기다려줘."

"멀지 않은 곳이니 천천히 떠나도 돼요."

외출 준비라고 해야 채 5분도 걸리지 않는다. 이 닦고 눈곱 떼고 모자만 눌러쓰면 끝이다.

산체스는 쿠바에서 멕시코로 입국했을 때 공항에서 날 픽업한 운전기사다. 스물여섯 살 청년의 느긋하고 남을 배려하는 모습은 매사에 쟁쟁거리는 날 종종 부끄럽게 한다.

오늘은 멕시코시티에서 북서쪽으로 50km 떨어진 테오티우아칸('신들의 도시'라는 뜻)을 가기로 했다. 내가 늦잠을 자서 출발이 상당히 늦어졌다. 미안한 마음에 산체스에게 말도 걸지 못하고 있는데 산체스가 재래시장에 차를 세웠다.

"이곳에서 아침 겸 점심을 먹고 떠나도 저녁 약속 시간에 맞춰 올 수 있는데, 어때요?"

엊저녁도 제대로 못 먹고 아침을 건너뛰어서 그런지 허기지던 참이었다. 산체스가 적당한 시점에 어색함도 깨고 배도 채울 기회를 주니 고마울 뿐이다.

이 시장에는 40년 넘게 타코만 전문으로 하는 식당들이 모여 있다. 마치 백화점 푸드코트처럼 중앙에 식탁과 의자가 놓여 있고, 빙 둘러선 식당마다 각자만의 독특한 타코를 판다.

산체스더러 알아서 주문하라고 하고 자리를 잡았다. 각각 식당의 대표 타코만 시켰지만, 식당마다 타코를 만드는 시간이 달라 주문한 메뉴가 식탁에 모이기까지는 시간이 제법 걸렸다. 그 와중에 시장의 투명한 슬레이트 지붕을 통해 비치는 따뜻한 햇볕이 날 잠

40년 이상 된 식당들만의 독특한 타코는 소스가 압권이다. 가격 또한 저렴한 편이다.

즉석에서 만든 타코 맛은 일품이다.

으로 몰아갔다.

잠시 후 전주 한정식보다 더 다양하고 푸짐한 타코 한 상이 차려졌다. 소스도 타코 수만큼 다양했다. 어떤 소스를 찍어 먹을지 우물쭈물하고 있으니 산체스가 시범을 보여줬다. 역시 현지에서 먹는 타코는 맛이 특별했다. 다만, 우리나라에서는 술안주로 먹던 타코를 과일 주스와 먹으니 그 맛도 잠깐 금세 싫증이 났다.

산체스가 잠시 자리를 뜨는가 싶더니 맥주 서너 병을 탁자에 올려놓았다. 눈치가 빠른 산체스에게 나도 모르게 엄지를 치켜세울 수밖에 없었다. 타코를 맥주 안주로 먹으니 조금 전의 맛과는 확실히 달랐다. 이래서 음식에도 궁합이 있다고 하는 모양이다. 맛있게 먹고 미소 짓는 날 보며 산체스가 더 좋아한다.

이 푸드코트는 맥주와 테킬라 등 주류를 판매하지 않는다. 그래도 외부에서 사다 먹는 건 괜찮았다. 어쩐지 시장 입구에 자그마한 리큐어 숍(liquer shop)이 있더라니!

주린 배에 맥주까지 채우고 차에 오르니 눈이 자동 셔터처럼 내려앉았다. 잠시 눈을 감았는데 그다음부터는 기억이 도통 나질 않는다. 산체스가 조심스레 깨워 시간을 보니 어느덧 정오가 지나고 있다. 테오티우아칸에 도착한 후 한참을 기다려도 깰 낌새가 보이지 않으니 하는 수 없이 깨운 듯했다. 그래도 이 잘생긴 청년은 티를 내지 않는다. 산체스는 눈치도 인간성도 정말 최고다, 무차스 그라시아스!

머리 위로 내리꽂히는 정오의 햇빛이 조금은 부담스럽지만, 해발 2,300m의 멕시코 평원에서 불어오는 건조한 바람은 마치 우리나라의 가을바람처럼 시원했다.

산체스는 사진을 마음껏 찍을 수 있는 입장권과 시원한 생수를 내게 건네줬다. 오늘 많이 걸어야 하고, 경내에서는 물을 살 수 없으니 아껴 마시라는 당부도 잊지 않고 해줬다.

왠지 망설이는 산체스를 보며 입장권을 사서 같이 가자고 했더니 입이 귀까지 걸린다. 그런데 입장권이 생각보다 꽤 비쌌다. 산체스가 망설였던 이유를 알 것 같았다.

죽은 자와 신이 만나는 영험한 도시 테우티우아칸

입구에 들어서니 테오티우아칸박물관이라고 쓰인 큰 초석이 보인다. 이 박물관은 약간의 유물만 전시하고 있다. 박물관 본연의 역할보다는 그늘이 없는 이곳을 관광하는 이들에게 잠시 쉬어가는 쉼터로 활용되는 것 같았다.

이 박물관에는 풍요의 신 케찰코아틀, 비의 신 틀락록, 기괴한 표정의 도자기, 외계인 모양 가면 등 독특한 석조가 전시돼 있다. 한쪽에는 다수의 인골을 백열등으로 붉게 비춰놓아 한낮에도 오싹했다. 이곳에서 발굴된 유물은 대부분 멕시코시티 국립인류학박물관 테오티우아칸실에 옮겨져 있다.

붉은 현무암을 잘게 부숴 만든 길은 그늘을 만드는 큰 나무들과 다양한 종류의 선인장 덕분에 제법 운치가 있다. 그중에서도 3m가 넘는 용설란이 눈에 띄었다. 이런 악조건에서도 꿋꿋하게 자란 용설란의 생명력에 찬사를 보내고 싶다.

그늘진 길을 빠져나오자마자 뙤약볕이 정수리 위로 쏟아진다. 긴 벽을 따라 걷는데 이 벽이 태양의 피라미드 바닥이다. 가로세로가 230m나 돼 한참을 걸어야만 약 250개 계단이 있는 피라미드 정면에 도달할 수 있다.

정면에서 본 태양의 피라미드는 이름에 걸맞게 가파른 계단의 끝이 어디인지 보이질 않는다. 저 꼭대기에 오르면 이렇게 큰 도시가 한눈에 보이겠지라는 기대보다 구름 한 점 없는 뙤약볕과 고산지대의 가쁜 호흡을 끌어안고 저 경사를 오르려면 얼마나 힘들까라는 걱정이 앞섰다.

테오티우아칸의 피라미드들은 기원전 300년 무렵부터 지어지기 시작했다. 기원전 150년 무렵에 태양의 피라미드가 먼저 세워졌고, 기원후 500년 무렵에는 달의 피라미드가 건설됐다. 계단을 통해 피라미드 정상을 밟을 수 있다는 게 태양의 피라미드 장점이자 매력(?)이란다. 테오티우아칸은 1987년 유네스코 세계문화유산으로 지정됐다.

사진을 핑계로 뭉그적뭉그적하는 내게 산체스가 얼른 오르자고

활주로처럼 곧게 뻗은 '죽은 자의 길'이 있고 왼쪽에 웅장한 외관의 '태양의 피라미드'가 보인다.

세계에서 세 번째로 큰 태양의 피라미드

재촉한다. 이 청년은 모든 게 신기한지 첫눈을 밟고 정신없이 뛰어다니는 강아지 같았다.

피라미드는 4단으로 돼 있다. 현무암을 정교하게 깎아 쌓은 계단은 단이 바뀔 때마다 폭이 좁아지고 경사가 가팔라진다. 위험할 정도는 아니지만, 주의를 기울이긴 해야 한다. 가볍게 2단까지 오르니 제법 고도가 있어 도시 전경을 살필 수 있었다. 송골송골 이마에 붙어 있는 땀을 식힐 바람도 불어왔다.

경사가 급해져 거의 네발로 기다시피 3단을 한 발자국 한 발자국 힘들게 오르는데 나를 부르는 소리가 들려왔다. 언제 올랐는지 산체스가 4단 끝자락에 앉아 느긋한 자세로 힘내라고 응원을 보내고 있다.

급하게 오른 탓인지 몇 계단 남기고 발걸음이 떨어지질 않았다. 오르는 이들에게 방해되지 않게 계단 끝자락에서 숨 고르기를 하고 있는데 누가 어깨를 툭 친다. 돌아보니 산체스가 일부러 내려와 내 배낭을 들어준단다. 산체스가 오해하지 않게 정중히 거절하고 몇 개 남지 않은 계단을 올랐다.

이곳부터 정상까지는 계단이 아닌 완만한 경사길이다. 일부 젊은이들은 두 발로 서서 걷지만 많은 사람이 바람이 세차서 혹시 넘어져 구를까 싶어 네발로 기어서 조심스럽게 오른다.

분지에 우뚝 솟은 피라미드 정상에서는 수 킬로미터 밖까지 볼 수 있을 정도로 시야가 좋다. 때마침 세차게 불어오는 바람이 정상

태양의 피라미드 정상에서 산체스와 한 컷. 멀리 달의 피라미드가 보인다.

까지 오르며 흘렸던 땀을 식혀줬다. 이곳에서 한눈에 잡히는 도시 규모는 내가 상상했던 것보다 훨씬 컸다.

테오티우아칸은 계획 도시로 바둑판 모양이다. 오른쪽으로는 태양의 피라미드보다 작고 낮은 달의 피라미드가 보인다. 그 옆으로 흰 기둥이 돋보이는 케찰파팔로틀 궁전, 재규어 신전 등 작은 피라미드들이 죽은 자의 길 좌우로 죽 서 있다.

왼쪽으로는 산후안강과 그 너머로 케찰코아틀 신전, 아다스다 기단, 거주 단지 등이 보인다. 달의 피라미드 근처 유적보다 상당히 훼손된 것을 멀리서도 알 수 있다.

손자국처럼 파인 돌이 정상부의 정중앙으로 태양 기운이 모이는 곳이라며 기념사진을 찍으려는 사람들로 북적거렸다. 그 옆에는 서양 젊은이들 몇몇이 웃통을 벗은 채 서로 손을 잡고 원을 만든 다음 바닥에 드러누워서 기를 받고 있다.

중앙 바위에 손을 대보려는 긴 줄을 무시하고, 나만의 창의적인 방법으로 태양의 기를 받기 위해 검지로 태양의 눈을 콕 찍었는데 기가 통했는지 순간 찌릿했다.

계단에 걸터앉아 책을 펼쳤다. 오늘 내가 볼 유적지를 하나씩 눈에 익히며 당시에 벌어졌을 법한 일을 상상해봤다. '인신 공양의 제물로 화려하게 치장한 아이들을 태운 수레 행렬이 죽은 자의 길을 따라 이동한다. 아이들은 아무것도 모르지만 막연한 두려움에 떨고 어디선가 행렬을 지켜보는 부모들은 가슴을 치며 피눈물을 흘리고 있다.'

인간을 제물로 바치던 의식은 스페인의 지배를 받는 16세기까지 이어졌다. 지금의 잣대로 보면 인신 공양이 야만적일 수도 있을 것이다. 당시 이 의식은 이곳에 사는 15만 명이 화산과 지진, 홍수 등 자연재해와 사냥할 때 맹수로부터의 안전을 보장받을 수 있는 장치이지 않았을까?

테오티우아칸 백성이 이 의식으로 평안한 일상을 살았다면 꼭 나쁘다고만 평가할 수 있을까? 멀리 달의 피라미드 뒤편으로 화산 폭발이라는 큰 자연재해를 선물한 쿠이쿠일코산은 오늘도 무심히 이 도시를 내려다보고 있다.

인간의 심장과 피를 바쳤던 달의 피라미드

영화 〈인디아나 존스〉 시리즈 팬답게 디테일한 상상에 취해서인지 시간이 한참 흘렀다. 땀이 식으며 몸이 으슬으슬해서 윈드재킷을 덧입고 내려갈 계단을 보니 오를 때보다 더 갑갑하다. 오를 때는 몰랐는데 상단의 계단 폭이 비좁고 경사가 급해 보였다. 게걸음으로 한 계단씩 조심스럽게 내려가지 않으면 낭패를 당할 수 있을 정도다.

내려오면서 다리에 어찌나 힘을 주었던지 약간의 경련이 일어났다. 피라미드 앞 잔디밭에 앉아 다리를 펴서 스트레칭을 하는 데 산체스가 큰 손으로 내 다리를 힘차게 주물러줬다.

문제는 길 끝에 자리 잡은 달의 피라미드가 생각보다 멀리 있다는 것이다. 그래도 쇠뿔도 녹이려는 뜨거운 뙤약볕에서 다리를 절뚝이며 걸었다. 달의 피라미드 좌우로는 원형을 잘 보존한 작은 피라미드가 여러 개 있다. 인신 공양 의식이 있을 때 이곳에 횃불을 밝혀 작은 의식을 치렀다고 한다.

조금 걷다 보니 다리 뭉친 게 풀리는 것 같았다. 이곳 유적지를 구경하려면 어느 곳이든 계단을 오르내려야 해서 걱정했는데 다행이다. 산체스의 따뜻한 마음과 정성 덕분에 이렇게 금방 회복하지 않았을까.

기원후 500년쯤에 지은 달의 피라미드는 바닥 면적이 150×30m

달의 피라미드는 태양의 피라미드 3분의 2 정도 크기이지만 인신 공양 등 모든 제례를 이곳에서 치렀다.

달의 피라미드 정상에서 바라본 풍경. 죽은 자의 길 좌우로 피라미드 여러 개가 보인다. 일부는 왕족과 신관의 숙소로 쓰였다.

에 높이가 42m다. 높지 않고, 계단 옆으로 평평한 단이 여러 개 있다. 왕족과 귀족들이 가까이서 의식을 볼 수 있도록 지은 것 같다. 달의 피라미드도 계단 경사가 가팔라서 오르내릴 때 부담스럽다. 그래도 계단 중앙의 난간을 이용하면 오르내리기가 훨씬 편하기는 하다. 계단으로 5단까지 오를 수 있으나 정상부는 오르지 못하도록 바리케이드로 막아놓았다. 오래전 인신 공양으로 희생된 아이들의 혼이 머무는 곳이어서 사람의 발길을 막아놓은 게 아닐까.

역사학자들은 달의 피라미드가 이 도시의 중심이었을 거라고 추론한다. 정상에 앉아 살펴보면 원형에 가깝게 잘 보존된 작은 피라미드 12개가 길 좌우로 있다. 이곳에서 가까운 곳은 왕족이나 신관이, 조금 떨어진 곳은 귀족 등 상류층이, 산후안강 건너서는 신분과 계급이 낮은 백성이 살았을 것으로 추정한다. 백성이 살았던 목조 주택은 전부 소실됐다. 지금 우리가 볼 수 있는 건 왕족, 신관, 상류층이 살던 거주 단지다.

난간을 잡고 내려오다 보니 반대 계단에서 올라오던 아주머니가 꼭대기에 볼 것이 있냐고 물어왔다. 구태여 오르지 않아도 될 것 같으니 힘들면 무리하지 말고 그냥 내려가라고 했다. 지금 대화를 나누는 계단에서 보는 것과 별반 차이가 없어서다.

달의 피라미드 옆 건축물의 좁은 문을 통과하면 달의 피라미드에서 제를 올리는 신관이 살았던 케찰파팔로틀 궁전이 있다. 케찰파팔로틀은 궁전 벽화에 그려진 신화 속 새의 부조에서 이름이 유래했다. 나후아어(인디오어)로 '케찰리'라는 새 이름과 '파팔로틀'이 라는 나비 이름을 합친 것이다.

케찰파팔로틀을 기둥과 벽화에 새겨놓았지만, 지금은 궁전 내부를 손본다며 출입을 통제하는 통에 먼발치서 볼 수밖에 없다. 이 궁전의 화려함을 보지 못해 아쉬웠지만, 후세를 위한 보존과 관리이니 마음이 놓이기도 했다.

케찰파팔로틀 궁전 건너편으로는 재규어 신전이 있다. 화려한 색채의 벽화에 2m가 넘는 재규어가 그려져 있는데 일부는 손상됐다. 이 신전 역시 작은 피라미드 형태다. 가파른 계단을 올라보니 좌우로 해와 달 피라미드 2개 외에 특별한 풍광은 없고 강한 햇빛만 나를 반겨 잽싸게 내려왔다.

작은 피라미드를 여러 개 오르내리며 지친 무거운 발걸음을 옮기는데 여러 사람이 모여 있길래 무슨 일인지 궁금했다. 피라미드 하단 벽에 화려한 색을 유지한 머리가 손상된 재규어 벽화가 있었다. 그런데 재규어를 배경으로 사진만 찍는 게 아니라 벽화에 손을 얹기도 하고 어루만진다. 깜짝 놀라 주위를 살피니 '만지지 마시오'라는 안내문이 없다. 멕시코 정부는 유네스코 문화유산을 왜 이렇듯 허술하게 관리할까. 내가 참견할 일은 아니지만 진한 아쉬움으로 짜증스럽게 걸음을 옮겼다.

마실 물도 떨어지고 여러 피라미드 계단을 급하게 오르내렸더니 녹초가 됐다. 작은 피라미드가 만든 그늘에 남의 시선을 신경 쓰지

재규어 신전

죽의 자의 길에서 만난 호루라기 상인. 바닥에 놓인 동물 모양의 물건이 호루라기다.

앉고 배낭을 베개 삼아 대자로 누워 잠시 쉬었다.

그새 잠들었는지 누군가 내 모자를 집어 들어 눈을 떴더니 산체스의 장난기 가득한 얼굴이 보인다. 말보다 먼저 생수와 멕시칸 스낵 몇 봉지를 쓱 내민다. 남은 유적지를 둘러보려면 안주용 과자보다 시원한 맥주가 최고인데….

허기와 더위에 지쳐 터덜터덜 걸었다. 어디선가 장사꾼들이 부는 호루라기 소리가 귀청을 파고들어 정신이 번쩍 났다. 가림막도 없이 땡볕에 앉아 오가는 관광객들에게 호객 행위도 하지 않고 처분만 바라는 보따리상의 눈초리가 맘에 걸렸다.

동물 모양의 호루라기를 몇 개 사려는 데 산체스가 나서서 흥정을 잽싸게 끝내고 재규어 호루라기를 불면서 내게 전한다.

"이건 제가 드리는 선물이에요."

무심한 척 받았으나 산체스의 마음 씀씀이에 찡한 여운이 남았다.

사라진 도시와 사람들

남은 힘을 쥐어짜 이 도시에서 가장 예술적이라는 평가를 받는 케찰코아틀 신전으로 향했다. 가다 보니 죽은 자의 길 한가운데를 가로지르는 산후안강은 지금은 건기라서 물이 흐르지 않고 모래 먼지만 풀풀 날리고 있었다.

죽은 자의 길을 따라 깊게 파놓은 배수로가 유독 눈에 띄었다. 비가 오면 도시에서 흐르는 물이 이 배수로를 통해 산후안강으로 유입된단다. 고대의 배수 시설이 이렇게 완벽하다니! 그 옛날 얼마나 도시 계획을 잘 세웠는지 알 수 있는 대목이다.

깃털 달린 뱀 신전이라고 불리는 케찰코아틀은 피라미드가 7단이다. 기단마다 케찰코아틀과 틀락록 형상이 새겨져 있다. 자세히 보면 일부 석상들은 원래 흑요석으로 만든 눈알이 있었는데, 테오티우아칸의 몰락과 함께 죄다 뜯겨나가고 말았다.

정면 계단은 경사가 가팔라 오르기도 어렵고 출입도 제한하고 있지만, 피라미드 옆에 설치된 목조 사다리를 통해 기단 중간까지는 오를 수 있다. 덕분에 케찰코아틀과 틀락록을 가까이서 볼 수 있었다. 보면 볼수록 조각의 정교함과 세월에 빛이 바랜 채색을 왜 예술적이라고 표현했는지 짐작할 수 있다.

이 도시의 모든 피라미드는 죽은 자의 길 좌우로 일자 형태로 지어졌다. 유독 케찰코아틀 신전 앞에 흉물스러운 건축이 앞을 가로막고 있다. 이것은 '아다스다 기단'으로 14세기에 이곳을 발견한 아즈텍족이 자신들의 숭배하는 재규어 상을 보호하기 위해 깃털 달린 뱀 신전의 기운이 전달되지 않도록 지었다고 한다.

아다스다 기단은 그 어디에도 조각품이나 장식품이 없다. 오직 돌과 진흙만으로 튼튼하고 높게만 쌓았다. 그래도 아즈텍족이 이

케찰코아틀(오른쪽)과 틀락록(왼쪽)이 기단마다 조각돼 있다. 신들의 회동이랄까.

도시에서 살던 테오티우아칸의 문명을 인정하고 케찰코아틀 신전을 부수지 않은 게 얼마나 다행인지 모르겠다.

어느덧 오후 4시가 넘었다. 기진맥진해 그늘진 벽에 등을 기대고 하늘을 멍하니 바라보았다. 멕시칸 강아지가 꼬리를 살랑거리며 친한 척을 해온다. 세계 어디를 가더라도 진심으로 날 반기는 녀석들은 그 나라의 주인 없는 강아지뿐이다. 내가 손을 뻗으니 얼굴을 비비며 오랜 친구처럼 옆에 딱 붙어 앉아 내게는 무심하듯 길가는 사람들만 보고 있다.

조금 전 케찰코아틀 앞마당에서 만났던 캐나다에서 엄마와 이모랑 여행 온 아이가 내 곁에 누워 있는 강아지를 만지려고 다가왔다. 뻗은 아이 손이 무안하게 강아지가 등 뒤로 숨어버렸다. 아이와 강아지의 숨바꼭질로 내 주변이 정신 사나웠다.

눈치 빠른 아이 엄마가 던져준 수입품으로 보이는 빵의 유혹을 이기지 못하고 강아지가 순순히 아이의 포동포동한 손길을 받았다. 한참 아이와 놀던 강아지는 잠이 오는지 쓰러져 눕고, 엄마는 아이를 데리고 이내 자리를 떴다. 뭐가 그리 아쉬운지 연신 뒤돌아 보면서도 보채지 않는 아이 모습이 대견해 보였다.

잠에 빠진 강아지를 내버려 두고 마지막 볼거리인 거주 단지로 갔다. 그곳에는 현장 학습을 온 학생들이 교사의 설명을 진지하게 들으며 유적들을 세심하게 살펴보고 있었다. 안타깝게도 목재로 지은 서민 주거지는 현존하는 게 없다.

이 녀석은 내가 던져준 과자는 본체만체하더니 아이가 준 빵을 다 먹고 낮잠을 잔다.

지금의 아파트 형태로 보이는 귀족 거주 단지

돌과 진흙으로 지은 귀족의 주거 단지는 1층에 공동 취사 시설, 방, 거실로 보이는 넓은 공간이 있다. 2층은 일부 훼손됐지만, 모자이크로 벽을 화려하게 꾸몄다. 지금의 아파트와 같이 공동생활을 하는 데 불편함이 없도록 기능적인 부분을 강조한 주택 형태라고 할 수 있을 것 같다.

정문으로 나가는 길을 동행한 관광객 대부분이 더운 날씨와 피라미드 등정, 10km 정도 트래킹 코스와 맞먹는 유적지 탐사에 시달린 흔적이 역력했다. 저들이 본 나도 마찬가지겠지만 말이다.

14세기 아즈텍족이 이 도시를 발견했을 당시 600년을 비워서 폐허로 있던 테오티우아칸. 이토록 거대한 도시를 세운 이들은 어디로 사라졌을까? 세계는 넓고 갈 곳도 많지만 미스터리한 것 또한 많음을 새삼 느꼈다.

밀림 속에 숨겨졌던 크메르 왕국의 마지막 사원 앙코르와트

크메르 왕이 비슈누에게 바친 사원

"안녕하세요. 오늘 앙코르와트 사원 가이드 이영수(본명 비스나)입니다."

인사를 하며 다가오는 가이드는 콧수염을 살짝 기른 40대 캄보디아인이다. 앙코르와트를 몇 번 관람하기는 했지만, 사진만 찍은 여행이라서 이번에는 전문 가이드와 함께 이틀간 제대로 공부할 작정이다.

국산 스타렉스에 몸을 실으니 갑자기 마다가스카르 바오바브나무를 보러 가던 힘든 여정이 떠올랐다. 같은 차종에 한참 형님뻘 되는 낡은 차로 700km를 하루 반나절 걸려 갔었는데 이 호텔에서

세계 최대 규모의 사원 앙코르와트는 캄보디아의 상징이어서 국기에도 그려져 있다.

사원까지는 30분 정도 걸린다. 그것도 에어컨이 잘 나오는 차로 말이다.

"안전 운전하겠습니다."

운전기사 세일라도 한국말을 굉장히 잘한다. 두 사람 모두 우리나라에서 8~10년 근무했다. 가이드는 광주광역시에서 오래 있어서 그런지 간간이 전라도 사투리가 섞인 말투다. 역대 우리나라 대통령 이름을 순서대로 줄줄 외는 가이드는 존경하는 대통령으로 김대중을 꼽았다. 아마도 그는 전라도 캄보디아인이 맞는 것 같다.

훈 센 전 총리의 장기 집권과 아들 훈 마넷 현 총리의 승계에 대한 불만을 언급하며 부정부패에 저항하는 우리 국민의 힘이 대단하다고 은근히 부러워한다.

앙코르와트('사원의 도읍'이라는 뜻) 사원 입구는 예전 모습은 사라지고 깨끗한 상가로 재단장했다. 그 사이를 걸어서 사원으로 입장하는데 우리나라 기업이 이 상가를 50년간 운영한단다. 기대했던 추억의 비포장도로는 아니었지만, 한국인이 주인이라니 그것 또한 나쁘지 않았다.

7대 불가사의인 앙코르와트는 캄보디아 시엠레아프주 앙코르에 있다. 12세기 초 수리야바르만 2세가 옛 크메르 왕국 사원으로 창건했다. 처음에는 힌두교 사원으로 3대 신 가운데 하나인 세계의 질서를 유지하는 비슈누에게 봉헌했다.

앙코르와트는 길이 5km가 넘는 깊은 해자로 둘러싸여 있다. 크

일출과 호수에 비친 앙코르와트의 모습이 환상적이다.

메르 왕국이 멸망한 이후 오랫동안 열대우림에 방치돼 있었는데 1860년경 프랑스 식물학자이자 탐험가인 앙리 무오가 발견해 세상에 드러났다. 20세기 들어 발굴팀이 열대우림을 벌목하고 유적 근처를 정리하면서 현재 모습을 갖추게 됐다.

해자를 지나 사원까지 길게 뻗은 대로에는 이른 아침인데도 붐볐다. 어느 각도에서 사진을 찍든 사람이 나올 정도였다. 대로에는 열두 달을 상징하는 작은 문이 12개 있고, 중간 지점에는 양쪽으로 도서관이 있다.

앙코르와트 정면으로 문이 5개 있고 중앙에 계단이 있는 문 3개는 왕과 왕족, 승려 등 최고위층만이 드나들 수 있었다. 좌우 계단이 없는 1층의 두 문으로는 평민들이 출입했다. 정문을 동쪽이 아닌 서쪽으로 한 이유는 이곳이 장례사원이어서다. 앙코르와트는 크메르 왕이 비슈누에게 바친 사원이었으나 사후에는 능묘로, 그 후로는 지금과 같은 불교 사원으로 변형돼 쓰이고 있다.

앙코르와트는 3층 건축물이다. 신들이 머무는 수미산을 표현한 높이 65m의 중앙 석탑 주위로 작은 석탑이 4개 있다. 정면에서는 석탑 3개만 보인다.

가이드가 사원 정면의 관람 포인트인 작은 연못으로 안내하더니 여러 손 모양을 해보라면서 사원을 손등, 손가락 등에 올리며 사진 찍는 기술을 부린다. 이곳은 지금보다 일출에 맞춰 보려는 관광객들이 자주 찾는다. 지금은 성수기이니 일출을 보러 오는 건 자제하라는 충고를 해줬다.

크메르 역사와 힌두교 신화를 담아낸 거대한 회랑

왕이 다니는 중앙 문으로 들어서면 1층 좌우로 800m에 달하는 회랑이 있다. 사암에 힌두 신들의 전쟁 이야기, 지옥·연옥·천상 이야기, 우유 바다 휘젓기 이야기 등을 부조로 묘사해놓았다.

서쪽 회랑에는 비슈누가 인간으로 변신한 라마 왕조 일화를 다

1층 서쪽 회랑

흰 코끼리를 타고 출정하는 라마 왕.
긴 창과 방패로 무장했으며
무사가 앞에서 왕을 호위하고 있다.

부조의 크메르 문자를 해독할 수 있게 되면서
사원을 지은 방식과 돌을 운반한 장소 등 여러
의문이 해소됐다.

루고 있다. 시타 여인 때문에 악마 라바나와 벌인 전쟁 이야기다. 처음에는 라바나에게 패했지만, 원숭이 장군의 도움으로 승리해 라바나를 섬(지금의 스리랑카)으로 쫓아냈다는 내용이다. 첫 전투에서 왕이 패해 흘린 눈물은 바다가, 눈곱은 산이 됐다는 신화에서나 있을 법한 일화다.

등장인물들의 표정 묘사 또한 굉장히 세밀하다. 왕이 대신들과 회의하는 모습, 활에 맞아 고통스러운 표정, 원숭이 장군의 화 난 표정, 라마 왕이 승리해 만족한 웃음을 짓는 장면 등이 마치 목각을 해놓은 것 같다. 덕분에 약간의 어눌한 우리말 억양으로 설명하는 가이드의 역사 이야기가 귀에 쏙쏙 꽂혔다.

남쪽 회랑에는 이 사원을 완공한 수리야바르만 2세의 전쟁 일화가 주제다. 당시 최강국인 크메르 왕국에 포로로 잡혀 온 시암족(지금의 태국), 참파족(지금의 베트남), 화교를 전쟁터에서 선봉에 세우고 크메르 군사가 뒤따르고 있다.

선두에 선 이들의 죽음을 두려워하는 표정, 귀를 크게 과장해 귀해 보이는 크메르 군사의 의기양양한 미소, 흘긋흘긋 뒤를 돌아보며 크메르 군사를 부러워하는 포로의 눈빛, 흰 코끼리에 올라타 전쟁을 지휘하는 수리야바르만 2세, 개선식 등이 그려져 있다.

남쪽 회랑 한편에는 힌두교 세계관에 등장하는 천국 37개와 지옥 32개를 3단에 새겨놓았다. 위쪽 2단은 천국을, 아래 1단은 지옥을 다루고 있다. 맨 윗단에는 압사라가 춤을 추는 천상의 궁전에서

남쪽 회랑의 천국과 지옥 벽화

우유 바다 휘젓기 신화. 거북을 탄 비슈누가 악마(아수라)와 신(데바)이 싸움하는 중간에 있고, 오른손에 암리타를 들고 있다.

사람들이 행복한 표정으로 평화롭게 사는 모습을 볼 수 있다.

지옥을 선고받은 사람들은 시간과 죽음의 신 야마 앞에서 어떤 벌을 받을지 초조하게 기다리고 있다. 거짓말한 사람은 혀를 뽑히고, 바람을 피운 사람은 가시나무 몽둥이질을 당하고 있다. 죗값을 받으며 고통스러워하는 이들의 표정이 적나라하다. 이런 모습은 수리야바르만 2세 시대의 생활상을 그대로 묘사한 게 아닐까 싶다.

동쪽 회랑에서는 힌두교 창조 신화로 유명한 우유 바다 휘젓기 일화를 만날 수 있다. 비슈누 지휘 아래 아수라 92명과 신 88명이 거대한 뱀 바수키의 머리와 꼬리를 잡고 우유 바다를 휘젓고 있다. 신들이 힘을 어느 정도 쓰고 있는지 표정이 역력하다. 3단에는 압사라들이, 1단에는 바다 생물들이 새겨져 있다. 결국에 신들은 바닷속 만다라산 깊이 있던 영약 암리타(감로수)를 쟁취해 천지창조를 했다고 한다.

특징만 콕 집어서 몸짓까지 섞어가며 설명하는 가이드에 얼마나 몰입했는지 2시간이 눈 깜짝할 사이에 흘렀다. 무더위에 흠뻑 젖은 땀을 식힐 겸 회랑 계단에 앉아 가이드의 근황을 들었다.

"장남은 참 힘든데 한국도 그렇더라고요."

우리나라에서 번 돈으로 동생들을 뒷바라지하다가 마흔에 결혼해 세 살 된 아들을 두었다며 내게 사진을 보여준다. 그 표정엔 행복함이 묻어났다. 우리 부부도 장남 장녀라서 집안 대소사를 챙겨야 해 힘들다며 잠시 서로를 위로했다.

천상계인 중앙 석탑에 올라 사원 전체를 바라보다

회랑 벽화 관람은 그만하고, 3층 중앙 석탑을 보러 2층으로 올라갔다. 중앙 석탑은 신이 거주하는 천상계로 신만이 다닐 수 있다는 가파른 계단을 통해 네발로 가야만 도달할 수 있다. 인명 사고도 있었고 유네스코의 유적지 보호 요구에 따라 나무 계단이 마련돼 있었다. 오래전 네발로 기어오르고, 계단 옆에 설치한 쇠줄을 잡고 벌벌 떨며 내려왔던 기억이 새로웠다.

높이가 65m에 달하는 천상계인 중앙 석탑을 오르려면 모자는 벗고, 여자들은 다리를 가려야 하는 등 예의를 갖춰야 한다. 안내판에도 쓰여 있지만, 딱히 지키고 있지는 않았다.

비슈누에게 바쳐진 중앙 석탑

앙코르와트 곳곳에서 볼 수 있는 압사라는 무려 800명에 이른다.

힌두 최고의 신에게 불교식 가운을 입혀
체면이 구겨진 중앙 석탑의 비슈누

중앙 석탑에 오르려면 경사가 70도 정도에 일반 계단보다 폭이 좁아 위를 올려다보지 못하고 고개를 숙일 수밖에 없다. 천신만고 끝에 중앙 석탑에 오르니 사방으로 트인 창문을 통해 시원한 바람이 불어왔다.

신상을 모시는 소규모 사원 4개 가운데 한 곳에 비슈누가 있다. 비슈누에 황금색 불교식 가운을 걸쳐 불상처럼 쓰고 있는데 스님과 신도들이 예불하는 모습을 볼 수 있었다. 중앙 석탑 창문을 통해서 본 앙코르와트 사원의 규모에 또 한 번 놀라 입이 다물어지질 않았다.

가이드가 우리를 신상이 있었다는 2층 정중앙에 세우더니 좌우

앙코르와트에서 만난 캄보디아 여대생들

한 바퀴를 둘러보라고 권했다. 동서남북 사방 대칭으로 신전을 지은 게 눈에 들어왔다. 지금은 물이 없는 작은 연못 4개는 물, 불, 바람, 땅을 의미한다.

가이드 투어의 아쉬움을 뒤로하고 나오는 길에 전통복을 입은 캄보디아 여대생들이 사진을 같이 찍자고 해 선뜻 받아들였다. 서로의 핸드폰을 바꿔가며 사진을 찍었는데 그중 한 여대생은 한국어로 인사도 할 줄 알아 간단히 대화를 나누기도 했다. 라오스와 캄보디아 어디를 가도 한국어를 하는 사람들을 만날 수 있으니 한류 열풍의 위력이 대단한 것 같다.

우리는 계단이 없는 평민 출입문을 통해 앙코르와트를 나왔다. 플라스틱 부유물로 만든 출렁다리를 건너며 뒤를 돌아다보니 머리 위에서 비친 햇빛에 반사돼 반짝이는 앙코르와트가 또 찾아와줘서 고맙다는 윙크를 보내는 듯했다.

크메르 왕국의 마지막 수도
앙코르 톰

지금이 오후 1시이니 무려 5시간을 사원 구석구석을 공부한 것 같아 뿌듯했다. 이제 오후 일정을 위해 민생고를 해결하러 가볼까나. 서쪽 저수지 근처의 전통 음식점에 도착해 가이드가 소개한 아목(바나나잎에 생선살이나 육류, 각종 채소, 코코

앙코르 톰 고푸람

서로 닮은 듯한 4면 관세음보살상 216개를
만날 수 있는 바이욘 신전

크메르 왕국 군사들이 참파족과
톤레사프호에서 전투하는 모습을
생생하게 새긴 벽화

넛 밀크, 카레 등을 넣고 찐 것)에 부드러운 목넘김이 특징인 비어라오를 곁들여 먹었다.

5분을 달려 앙코르 톰 고푸람에 도착했다. 해자를 건너기 전 다리 입구에서 내려 위대한 고대 도시에 대한 전반적인 설명을 들었다. 앙코르 톰은 자야바르만 7세가 세운 크메르 왕국의 마지막 수도다. 당시 인구 100만 명이 거주하는 세계 최대의 도시였다. 바이욘 사원, 타프롬 사원, 코끼리 테라스 등이 있다.

높이 23m의 남쪽 고푸람에는 4면 불상이 올려져 있다. 다리 난간에는 나가(산스크리트어로 뱀, 특히 코브라 등의 독사를 의미)와 신들, 아수라 석상 54개가 양측으로 있지만, 머리가 없는 것들도 있다. 동서양을 막론하고 유적지에서 머리가 잘려나간 흔적을 발견할 수 있는데 도굴꾼들의 소행이라고 보면 된다.

차로 남쪽 고푸람을 지나니 왼쪽으로 거대한 관세음보살상으로 유명한 바이욘 사원이 보인다. 이 사원의 관세음보살상은 이를 완성하도록 지시한 자야바르만 7세의 얼굴이었을 것이라고 한다.

자야바르만 7세는 독실한 불교 신자였으며, 왕권을 강화하려고 자신을 생불로 추앙하게 했다. 특히 자신이 자비로운 관세음보살의 화신이라고 생각했다. 지금은 많은 부분이 훼손돼 제대로 된 관세음보살상이 몇 개 남아 있지 않다. 최근에는 복원 작업을 하느라 2층과 3층은 출입할 수 없다.

이 사원이 유명해진 이유는 1층 회랑에 새겨진 80m에 달하는 벽화 때문이다. 흰 코끼리를 타고 출정하는 자야바르만 7세의 당당한 모습, 참파군과 톤레사프호에서의 전투 장면, 물에 빠진 병사를 악어가 무는 장면 등 벽화를 통해 당시 전투가 얼마나 치열했는지를 충분히 상상할 수 있다.

부상자를 치료하는 모습, 절구를 찌는 모습 등 당시의 생활상을 들여다볼 수 있는 벽화도 있다. 군데군데 벽화가 파이고 구멍 난 곳에는 시암족을 비하하는 문자가 있었는데, 태국인들이 훼손했다고 한다.

영화 〈툼 레이더〉(2018)로 유명한 타프롬 사원('브라마의 조상'이라는 뜻)은 훼손이 가장 심각했다. 입구부터 스펑나무의 거대한 나무

타프롬 사원 초입부터 스펑나무들이 유적지가 자기 영역임을 알리고 있다. 스펑나무에 잎이 없는 이유는 성장 억제 주사 때문이다.

뿌리가 건물과 담장을 파고들어 일체가 된 것처럼 보여 괴기스럽기까지 했다. 사원 곳곳을 집어삼킬 듯 휘감고 있는 스펑나무를 배경으로 사진을 찍기만 하면 인생 사진을 건질 수 있다.

사원 중앙의 '보물의 탑' 벽에는 구멍이 아주 많았다. 오래전 에메랄드, 루비, 금으로 장식해 최고의 화려함을 자랑했는데 지금은 스펑나무와 도굴꾼에 철저하게 파괴돼 붕괴 위험을 걱정할 정도다.

짧은 일정을 마치고 나오는데 어디선가 캄보디아의 구슬픈 가락이 흐른다. 지뢰로 부상당한 서너 명이 연주하는데 그중에는 한 팔로 연주하는 사람도 있다. 얼마 남지 않은 리엘(캄보디아 화폐 단위)을 탈탈 털어 기부함에 넣으며 한국인이라고 밝히니 합장으로 고마움을 표한다. 나도 합장으로 답했다. 그 자리를 떠나는 내 뒤로 우리 민요 〈아리랑〉이 들려왔다.

라오스 불교의 성지 루앙프라방

푸시산 정상에서 즐기는 메콩강의 일몰

베트남 하노이에서 오랜만에 만난 지인들과의 저녁 식사 자리가 늘면서 예정보다 사흘 늦게 라오스의 고도이자 탁발로 나눔을 실천하는 루앙프라방('성스러운 프라방'이라는 뜻)으로 향했다.

입국할 때와 마찬가지로 하노이 노이바이 공항은 출영객으로 발 디딜 틈 없이 붐볐다. 상상도 할 수 없었던 변화이고 베트남이 핫플레이스라는 걸 새삼 느낄 수 있었다. 하노이에서 루앙프라방은 730km, 비행기로 1시간 정도 걸린다. 타자마자 잠시 눈을 붙였는데 도착했다며 단잠을 깨운다.

공항 청사에 도착해 비자를 받으려 줄을 서는 서양인들이 보였다. 한국은 비자 면제국이라서 프리 패스다. 세계 곳곳을 다니다 보면 한국인 비자 면제국이 많음에 놀라고 미국과 유럽연합국 등 선진국이 비자를 받아야 하는데 또 놀라곤 한다.

아담하고 깔끔한 공항 청사를 나오니 푸르른 산과 뭉게구름이 핀 새파란 하늘이 상큼한 공기와 함께 나를 반긴다. 호텔이 있는 시내까지는 불과 4km, 다른 여행객들과 함께 셔틀버스에 올랐다. 정오를 막 넘긴 한낮임에도 창밖으로 보이는 길거리를 오가는 현지인들과 도로 한가운데를 걷고 있는 소 떼 모두 한가롭다.

라오스는 자동차 경적, 화내거나 싸우는 사람, 장례식에서 우는 사람이 없다는 3무(無) 나라다. 셔틀버스 운전기사는 대로에서 어슬렁대는 소 떼 뒤를 따라가면서도 짜증을 내거나 경적 누를 생각조차 하지 않는다. 베트남에서는 상상도 못 할 놀라운 장면을 보며 내가 라오스에 왔다는 걸 실감한다.

구도심 중심에 있는 호텔 주변에는 상점과 식당이 즐비하고 가까운 거리에 하우캄(왕궁박물관)과 푸시산이 있다. 호텔에 여장을 풀고 잠깐 침대에 누웠는데 한기가 느껴져 깨니 낮잠을 잔 지 1시간이 넘었다.

중심 도로인 데도 차량이나 사람들로 붐비지 않고 도로변에 늘어선 식당에서 시원한 비어라오와 각종 과일 주스를 마시며 느긋하게 쉬는 관광객 모습이 마을 전체를 평화롭게 하는 것 같다.

한적한 거리를 거닐며 옛 마을의 정취에 취하다 보니 일몰이 가까워져 부랴부랴 푸시산을 향했다. 해발 100m 정도 되는 산이지만 가파른 계단 약 330개를 올라 정상에 다다르는 일은 녹록하지 않다.

"워매, 생각보다 디지게 힘들구먼."

"여기서도 잘 보이니께 난 여기 있을 테니 다녀들 오셔."

구수한 사투리가 들려 주위를 살펴보니 한국 단체 관광객 여러 팀이 일몰을 맞으러 오르고 있었다. 이 중 중년 아저씨 몇몇이 일몰을 포기한 채 중턱의 계단에 앉아 있었다. 헉헉거리며 도착한 정상은 관람 맛집으로 명당자리는 이미 많은 사람이 차지하고 있었다.

사진작가인 양 카메라를 슬쩍 밀어 넣는 동시에 어깨와 몸통으로 슬며시 한 자리를 차지했다. 큰 카메라를 가지고 다니면 사진작가 대접을 받는 일이 종종 있다.

멀리 보이는 메콩강 일몰의 진수는 황금빛으로 물든 강물에 반짝이며 찰랑대는 잔물결과 그 위를 떠도는 유람선이 어우러진 모습이다. 산 정상의 스투파(불탑) 탑돌이를 하면 자연스럽게 루앙프라방 전체를 조망할 수 있다.

메콩강 노을 반대편의 메콩강과 남칸강('기어가는 강'이라는 뜻)과의 두물머리는 사람들의 무관심 속에서도 수수한 아름다움을 뽐내고 있다. 일몰 직후에 시끄러운 관광객들이 빠지니 고즈넉해 오

푸시산 정상에서 바라본 메콩강 일몰. 수많은 관광객이 촬영하느라 여념이 없다.

탓 촘시 사원에서 예불하는 모녀. 뭐가 저리 절실할까? 부처님, 두 사람의 소원을 꼭 이뤄주세요.

히려 사진 촬영을 집중해서 할 수 있었다.

정상의 탓 촘시(황금색 탑) 사원에는 불상 앞에서 두 손 모아 정성껏 불공을 드리는 현지인들이 보인다. 부처님이 그들의 간절한 소원을 꼭 들어줄 것 같다. 아니 꼭 이뤄주리라 믿는다.

조심스레 경사가 급한 계단을 내려오는데 야간 조명이 비친 아름다운 지붕의 호파방 사원과 알록달록한 원색의 야시장 천막 지붕들이 어우러져 색다른 매력을 뽐내고 있다. 매일 저녁이면 루앙프라방 구도심 중심 도로의 차량을 통제하고 몽족(베트남·중국·라오스 등지에 사는 묘족)의 수공예품, 그림, 기념품 등을 파는 야시장

새 날개 같은 지붕의 호파방과 몽족 상인들의 원색 천막 지붕이 어우러져 야시장은 그야말로 이색적이다.

먹거리 야시장에서 음식을 즐기는 사람들

으로 변한다.

시장이 끝나는 지점에 우리나라 떡볶이와 김밥을 비롯해 일본 스시, 중국의 각종 국수 요리, 인도의 커리, 라오스의 구이요리 등 여러 나라의 대표 음식을 파는 먹거리 야시장이 섰다. 골라 먹는 재미도 있지만, 가성비가 좋아 관광객은 물론 현지 젊은이들도 자주 찾는다고 한다. 매일 축제가 벌어지는 것처럼 시끌벅적하기도 하다. 맛있어 보였지만 장기 여행의 시작이라 조심하는 차원에서 더운 나라의 길거리 음식을 피하고 근처 한식당을 찾았다.

야시장을 지나 전통 시장을 돌아보는데 많은 서양 청년이 노천에서 라오스 전통 음식을 즐기고 있다. 아마도 야시장보다 더 라오스적인 분위기와 전통에 가까운 음식을 맛볼 수 있지 않나 싶다. 낮과는 다르게 선선해진 메콩 강가를 거닐다 보니 귀에 익은 트로트 가락이 들려왔다. 우리나라 단체 관광객이 유람선 선셋 투어를 마치고 돌아오는 길에 선상에서 노래잔치를 벌였나 보다.

탁발 행렬 참여로 시작해서 야시장 방문으로 끝난 빡빡한 하루

다음 날 새벽 5시, 핸드폰 알람 소리에 잠을 깨어 서둘러 탁발(현지에서는 '탁밧') 행렬을 보러 거리로 나갔다. 몇몇 관광객과 탁발 음식을 준비하는 상인들만 분주하게 움직이고

정성껏 탁발 음식을 준비하는 상인의 모습

엄마를 돕기 위해 새벽부터
가게를 지키는 착한 소녀

있다. 새벽이라 그런지 어제 날씨와는 사뭇 다르게 쌀쌀해 샌들을 신은 발이 시릴 정도다.

추위도 잊을 겸 탁발 거리를 걷다 보니 탁발이 시작되는 왓쌘 수카람 사원에 이르렀다. 환한 조명 탓인지 담장 너머로 보이는 황금색 사원의 화려함이 도드라져 보인다. 이 거리의 탁발은 주민들이 준비한 음식을 나누는 게 아니라 상인이 준비한 음식을 관광객이 사서 스님에게 드리는 방식이다. 정성의 차이는 있지만 참석하는 관광객 면면을 보면 경건한 마음가짐인 걸 느낄 수 있다.

매일 새벽이면 이뤄지는 탁발은 거리를 청소한 뒤 돗자리를 깔고 적당한 간격으로 열을 맞춰 작은 상과 의자를 정렬한 다음 준비한 음식을 놓는다. 탁발 참가자는 신발을 벗고 사롱을 둘러서 의자에 앉아 차례를 기다리다가 스님이 오면 합장한 다음 음식을 스님의 바트(음식을 담기 위해 어깨에 메는 망태기)에 넣으면 된다. 비록 이 탁발은 관광객을 위한 행위이지만 의식에 참여하는 사람을 위해 사전 준비를 하는 상인의 정성 또한 대단해 보였다.

왓쌘 수카람 사원 어디선가 둔탁한 북소리가 나더니 스님들이 서서히 사원 정문을 빠져나오고 있다. 이 행렬이 정문에서 나오기 무섭게 스님 얼굴에 카메라를 들이밀고 소란을 떠는 무례한 관광객이 있었다. 나이 지긋한 여자 보살이 탁발이 원활하게 진행되도록 그 관광객을 제지하며 스님들에게 길을 터준다. 난 조심스럽게 스님 행렬을 쫓으며 가능하면 뒷모습을 찍었고, 앞모습은 초점을

줄지어서 탁발하는 스님들의 모습

나눔을 실천하는 동자승. 탁발로 얻은 음식이 바트에 어느 정도 채워지자 어려운 사람에게 적선하고 있다. 초상권 보호를 위해 일부러 초점을 흐리게 찍었다.

흐리게 해 최소한의 예의를 갖췄다.

탁발 행렬을 따라다니는 강아지조차 스님들이 어려운 사람들에게 적선하는 음식을 모은 바구니는 기웃거리지 않는다. 스님을 향해 직접 카메라를 대지 말라고 당부가 있었는데도 그런 행동을 하는 이들을 보니 불심 있는 개만도 못한 것 같아 씁쓸했다.

탁발 행렬은 노스님이 앞장을 서고 나이 어린 스님이 그 뒤를 따른다. 탁발 음식으로는 찹쌀밥, 빵, 초콜릿, 과자 등이 있고 종종 현금으로 시주하는 현지인들도 있다.

스님들은 자기 바트에 어느 정도 음식이 채워지면 길거리에 놓인 바구니에 적선한다. 이것은 마을 공동체에 전해져 어려운 사람들에게 제공된다고 하니 나눔을 실천하는 스님과 현지인이 서로 교감하고 있음을 느낄 수 있었다.

호텔로 돌아와 언 몸을 녹일 겸 잠시 침대에 누웠나 싶었는데 어느새 오전 9시가 훌쩍 넘었다. 늦은 아침을 먹고 하루를 시작했다. 수도 비엔티안(위앙짠)으로 가는 고속철도 표 예매를 하려는데 원하는 시간대가 매진됐다. 원래 일정보다 하루 당겨 이곳을 떠나야 해서 전체 일정을 바꾸느라 마음이 여간 바쁜 게 아니다.

고속철도 티켓 오피스에서 호텔로 오는 길목에 있던 하우캄을 들어서니 오른쪽으로 호파방, 그 앞에 우스꽝스러운 모습의 마지막 왕인 시사왕웡 동상이 있다. 파방은 스리랑카에서 만든 높이 83cm, 무게 50kg 순금 불상이다. 이 도시의 이름인 루앙파방('루앙

호파방 실내는 촬영 금지라고 하니 관광객에게 외면당하는 건 당연한 일 아니겠나. 그나마 멋진 지붕과 전면의 화려한 금장식 덕분에 몇몇 사람의 눈길을 끌고 있다.

시사왕웡 동상

프라방'의 라오스식 이름)은 '파방이 있는 위대한 도시'란 의미다. 하지만 지금 이곳에서는 볼 수 없다. 어디에 보관돼 있는지도 의견이 분분하다.

호파방은 파방을 보관하는 사원으로 큰 새가 날개를 펼친 듯한 4단 지붕과 햇살에 반사되는 출입문의 금빛 벽이 눈을 뜨지 못할 정도로 화려하다. 구소련에서 만들었다는 시사왕웡 동상은 개구쟁이처럼 익살스러운 표정이 권위보다는 친근감 있어 보인다.

혁명 전에는 왕궁으로 쓰였지만, 현재는 박물관으로 사용하는 소박한 건물이다. 주로 왕족이 쓰던 물건을 전시했는데 과연 이게 왕궁인지조차 의심이 들 정도로 빈한해 보이기까지 한다. 입장권을 샀던 정문은 점심시간이라는 안내판만 걸린 채 굳게 닫혀 있다. 반대편 나가는 문만 개방한 철두철미한 철가방 공무원들이다.

여행사를 통해 꽝시 폭포 관광을 예약했는데 시간에 맞춰 도착한 미니버스에는 대부분 우리나라 관광객이 타고 있다. 아마 관광객들을 나라별로 묶어주는 것 같다. 1시간 남짓 달려 도착한 꽝시 폭포는 에메랄드색의 아담한 폭포로 크게 기대하지 않은 내 예상이 빗나가지 않았다. 맨 위쪽의 가장 큰 폭포까지 걸으며 에메랄드빛 작은 폭포 두서너 개와 연못을 둘러보았다.

"그래도 여기 왔으면 야시장에서 여러 나라 음식은 맛봐야 하는 거 아니에요?"

아내가 길거리 음식을 조심스러워해서 눈치를 보고 있었는데 먼

꽝시 폭포는 얕은 계단으로 흐르는 폭포와 그 물이 모인 에메랄드빛 작은 연못이 마치 수줍어 하는 현지인같이 소박하다.

저 제안해와 반색했다. 야시장으로 간 우리 부부는 엊저녁에 왔을 때 줄을 길게 늘어섰던 중국식 국수, 일본식 버섯튀김, 라오스식 꼬치구이를 맥주에 곁들여 먹었다.

불교 성지 루앙프라방의 여러 사원을 둘러보고

루앙프라방 마지막 날, 중앙로인 사카린 거리에 있는 왓씨엥통, 와쑤완나카리, 왓쌘 수카람(왓쌘) 등을 둘러볼 계획이다. 호텔에서 가장 먼 거리에 있는 메콩강과 남칸강(메콩강 지류) 두물머리 근처의 왓씨엥통을 시작으로 호텔로 돌아오는 길에 다른 두 사원을 보기로 했다.

왓씨엥통은 루앙프라방의 상징적인 사원이자 즉위식 등 왕권을 나타내는 곳이다. 루앙프라방 사원 중 가장 아름다운 곳으로 꼽힌다. 입구 오른쪽으로는 마지막 왕인 시사왕웡의 운구차를 보관한 호랏사오 법당이 있다. 나가 7마리를 앞머리에 장식해놓은 운구차는 높은 건축물 외벽에 새겨진 금빛 양각이 아침 햇살에 반짝이며 아름다움을 더했다.

멋진 지붕으로 눈을 현혹하는 대법전의 큰 황금 불상 앞에는 아침임에도 불구하고 많은 현지인이 준비한 제물을 바치며 경건하게 예불하고 있었다. 종교를 인정하지 않는 공산당도 불교를 인정할 수밖에 없는 이유를 이해할 수 있을 것 같다.

불상 왼쪽으로는 살아 있는 듯한 실물 크기의 노스님 좌불이 있다. 그 앞에도 여러 사람이 예불하는 걸 보니 누군지는 모르겠으나 꽤 명망 있었던 스님인 것 같다.

대법전 옆으로 붉은 벽돌 위에 유리 공예로 장식한 붉은 법당(호타이)과 트로피타도서관은 이웃해 있다. 붉은 법당은 외벽에 새겨진 화려한 유리 모자이크로 관광객에게 최고의 포토존을 제공하고 있다. 유리 모자이크는 대법전 한쪽 벽면에 그려진 생명의 나무, 두 건물 외벽에 그려진 수행하는 부처, 천상과 인간의 세계 등으로

대법전의 큰 황금불상 앞에는
아침부터 예불하는 사람들이 많다.

화려하게 금빛으로 치장된 붉은 법당의 와불상

나뉘어 있다.

인간 세계를 묘사한 벽화에서는 당시 평화로운 라오스 사람들의 일상을 살펴보는 재미가 제법 쏠쏠하다. 붉은 법당에는 와불상이 있는데 수백 년을 한쪽으로만 누워 있어서 목 디스크가 생겼을 것 같다는 엉뚱한 상상을 해본다.

트로피타도서관은 내부 입장이 가능해서 유리 모자이크 벽 사이로 난 창문을 이용해 사진을 찍으려는 인파가 아주 많았다. 줄을 서서 차례대로 사진을 찍는데 순서도 지키지 않고 심지어 사진을 찍는 카메라 앞에 셀카봉을 들이대지를 않나 앞을 가로막지를 않나…. 경내라서 참으려 했는데 나도 모르게 셀카봉 좀 치우고 줄을 서라고 한국말로 큰소리를 치고 말았다.

종교는 다르지만 경건한 마음으로 사원 경내를 구경하고 싶었던 바람을 망쳐 속이 상한 채 길 건너편의 한적한 와쑤완나카리 사원으로 발걸음을 옮겼다. 화려하지는 않지만 고풍스러움과 위엄을 갖춘 사찰에는 관광객이 없었다. 동자승 몇 명이 예불하고 있을 뿐. 흥분했던 내 마음도 차분히 가라앉는 듯하다.

호텔로 돌아오는 길에 다시 찾은 탁발이 시작됐던 왓쌘 수카람은 사원 전체가 단장한 듯 깨끗하고, 일부 시설은 지금도 보수 작업을 하고 있었다. 이 사원은 루앙프라방에 있는 사원 중에서 가장 크고 화려하다. 고급스러워 보이는 사원이라고나 할까.

와인색 지붕의 대법전 앞에는 황금으로 도금한 탑이 정오의 햇

트로피타도서관에서 웨딩 화보
촬영 중인 예비 신랑과 신부 모습

와쑤완나카리에서 정성껏 예불하는 동자승들을 보니 무례한 관광객으로 인해 상한 마음이 진정되고 그들의 무례함도 용서가 됐다.

빛을 받아 유난히 반짝이고 마당 한구석에는 황금색 장례 운구 수레가 있다. 수레 앞머리에는 나가 5마리가 머리를 들고 있다. 나가 수가 운구하는 죽은 자의 신분을 나타내는 게 아닐까 생각해본다. 왓씨엥통에서 보았던 왕의 운구 수레 나가는 7개였으니 5개는 왕보다 신분이 낮은 승려가 아닐까?

왓쌘 수카람 사원의 대법전과 황금 탑. 대법전 앞 황금 탑이 조명 빛을 받아 자태를 뽐내고 있다.

일정이 당겨져 빡 우 동굴을 보고 비엔티안행 기차를 타러 서둘러 호텔로 향했다. 호텔 앞에 대기 중인 스타렉스를 보니 2023년 9월 마다가스카르 칭기 국립공원 갈 때의 악몽이 떠올라 잠시 망설였다. 같은 차량으로 70km를 11시간 만에 도착할 만큼 도로 상태도 최악이었지만 차 상태도 굴러다니는 게 신기할 정도여서 엄청 고생했었다. 하지만 이 차는 내부도 청결하고 관리가 잘돼 있는 것 같아 타기로 했다.

호텔에서 빡 우 동굴까지는 30km로 차로 1시간 이내로 도착할 수 있다. 중간중간 비포장도로의 터덜거림이 마다가스카르에 비하면 애교스럽기까지 하다.

"이 세상에서 차로 갈 수 있는 최악의 길을 다녀왔는데 이 정도쯤이야, 뭐."

코웃음을 치는 아내를 보며 인간의 적응력이 새삼 대단하다는 걸 느꼈다.

메콩강 건너편의 큰 절벽에 빡 우 동굴이 있다. 그리로 가려면 쪽배를 타야 한다며 왕복 뱃삯을 포함해 입장료를 받았다. 쪽배를 타고 출발했는데 갑작스레 뱃머리를 돌리더니 선착장에 늦게 도착한 스님과 동자승을 태운다. 채 5분도 되지 않아 도착한 빡 우 동굴은 절벽 중턱에 있어 가파른 계단을 올라야 하는데 35도가 넘는 더위로 쳐다보는 것만으로도 지쳤다. 그나마 오르는 도중에 불어오는 강바람으로 땀을 식히니 한결 나았다.

땀으로 범벅이 돼 도착한 빡 우 동굴은 크지는 않지만, 동굴 안 이곳저곳에 스투파, 불상, 그 주위로 작은 불상들로 만든 제단과 동굴 벽을 파서 비치한 아주 작은 불상 등으로 가득했다. 솔직히 기대에 미치지 못해 다소 실망스러웠다.

"여기서 찍으니 멋지게 나오네요. 당신도 이리로 와봐요."

이리저리 사진을 찍으며 즐거워하는 아내를 보며 마음을 고쳐먹기로 했다.

세계 곳곳마다 접하는 모든 것에 감탄하고 감동해야 하는 건 아니지 않나. 소박하면 소박한 대로 부족하면 부족한 대로 있는 그대로의 의미를 되새기고 그 자체를 인정하는 겸손한 마음이 진정한

계단 초입에 있는
아래 동굴인 탐팅

여행자의 자세가 아닌 듯싶다.

빡 우 동굴은 위아래 동굴로 구성돼 있다. 위쪽 동굴은 탐품, 계단 초입에 있는 아래 동굴은 탐팅이라 부른다. 탐팅 역시 작은 동굴에 조악한 불상 수십 개를 계단식으로 나열해놓았다. 계단 오르는 초입에 있어 탐품을 오르기보다 쉬워 나이 있는 분이나 신체가 불편한 사람들은 이곳에서 불공을 드린다. 동굴 입구에서 구걸하는(아무 말 없이 눈만 맞추고 있는) 아이들에게 사탕과 약간의 돈을 쥐여주고 육지로 향했다.

강변 식당에서 늦은 점심을 안주 삼아 시원한 맥주를 마시며 사흘간 루앙프라방에서 쓴 여행 일기를 집사람과 공유했다. 상큼한 강바람을 들이켜며 모처럼의 느긋한 시간을 즐겼다.

뚜벅 터벅 지구별 여행기
월급쟁이 여행자, 드림 플레이스를 찾아 지구 한 바퀴

초판 1쇄 2024년 4월 22일 발행

지은이 한용성
펴낸이 김현종
출판본부장 배소라 **디자인** 푸른나무디자인
마케팅 최재희 안형태 신재철 김예리 **경영지원** 박정아

펴낸곳 (주)메디치미디어
출판등록 2008년 8월 20일 제300-2008-76호
주소 서울특별시 중구 중림로7길 4, 3층
전화 02-735-3308 **팩스** 02-735-3309
이메일 medici@medicimedia.co.kr **홈페이지** medicimedia.co.kr
페이스북 medicimedia **인스타그램** medicimedia

ISBN 979-11-5706-350-5 (03890)